ダッシュエックス文庫

この度、公爵家の令嬢の婚約者となりました。
しかし、噂では性格が悪く、十歳も年上です。

市村鉄之助

Prologue

ジャレッド・マーフィーは胃の痛みを堪えながら必死に愛想笑いをしていた。

すべてはテーブルを挟んだ向かい側に座る美女——オリヴィエ・アルウェイのせいだ。

ウェザード王国を支える名門貴族のひとつ、アルウェイ公爵家の令嬢であり、本日めでたくジャレッドの婚約者となった人物でもある。

癖ひとつない絹のようなブロンドの髪を腰まで伸ばし、飾り気がない分、細身の体のラインを惜しげなく見せる青いドレスに身を包んだオリヴィエは、いつまでも見つめていたくなる美しさを持っていた。

細く整った唇と眉、筋の通った鼻、涼しげな印象を与える青い瞳。どれをとっても息を呑む美しさだった。

本来なら男爵家の長男でしかないジャレッドが婚約者に選ばれることはない。しかも、長男でありながら家督を継ぐことを許されず母親の姓を名乗っている彼は、二年後、十八歳となると同時に、貴族ではなくなることが決まっている。そんなジャレッドが公爵の娘に、それも長女の婚約者に選ばれたことはまさに異常事態だった。

「ジャレッドは魔術師としての才能があるだけではなく、すでに多くの魔獣討伐もこなしている実力者だと聞いているよ。ダウム男爵もさぞかし鼻が高いだろう」

「よく孫馬鹿と言われてしまいますが、魔術師として成功しているジャレッドの活躍は自分のことのように嬉しく思っています」

アルウェイ公爵家当主――ハーラルト・アルウェイの言葉に、祖父のニクラス・ダウムが嬉しそうに応える。

やや困っているようにも見えるアルウェイ公爵と、武家であるダウム男爵家の当主でありながら武人らしからぬ温和な印象を与える祖父が、上司と部下という関係以上に親しいらしく、会話を進めていく。

ここダウム男爵家で顔合わせしてから一時間近く経つが、口を開いているのはアルウェイ公爵と祖父だけ。ジャレッドはといえば、なにかを問われれば答え、褒められれば感謝の言葉を口にするが、余計なことを言うことなく引き攣った笑みを浮かべたままだ。本日の主役ともいえるオリヴィエに至っては、最初に挨拶して以来、口を開こうとさえしなかった。

公爵も娘の態度が気まずいのだろう。必死になってジャレッドを褒めている。祖父も公爵の気持ちを察して話につきあっている。酷い茶番だと目に見えてわかるこの状況から、ジャレッドは正直逃げだしたい気分だった。

そんな大人たちの心情を無視するように、オリヴィエは沈黙を保っていた。いや、ただ沈黙しているわけではない。じぃっと品定めするようにジャレッドを見つめている。

ジャレッドが胃を痛くしているのは彼女の無言の視線と圧力のせいだ。ただでさえ、絵に描いたような美人であるにもかかわらず、公爵家の令嬢とは思えない社交性のなさを見せられ、こちらは泣きだしたいのだ。そんなオリヴィエの視線が容赦なく突きささるのだから、胃も痛くなるに決まっている。

もしかしたら公爵家の長女としては、家督を継げない男爵家の長男などの婚約者になりたくない——という無言の訴えなのかもしれない。

貴族に結婚の自由はあまりない。恋愛結婚がまったくないわけではなく、また貴族の子女はできることなら素敵な恋がしたいと願っている者が多い。だが、現実はそうならない。

ただし、貴族の大半は幼少期に婚約者が決められ結婚までの間に仲を育んでいるので、相思相愛となって婚姻することができる。相手を選ぶ自由こそないが、恋愛は十分にできるのだ。

もちろん、中にはジャレッドのように思いがけず婚約者が決まる場合もあるのだが。

二年後に平民になることが決まっていたジャレッドにとって不意打ちともいえる今回の婚約話。しかも相手は「あの」オリヴィエ・アルウェイだ。

貴族として公の場に殆ど出ることがないジャレッドでさえ彼女の悪い噂はよく耳にしていた。

曰く、気が強く、癇癪をよく起こす。

曰く、権力にものを言わせて人を虐げる。

曰く、とにかく性格が悪く、標的にされたら終わり。

曰く、彼女の毒舌のせいで新しい性癖を開花させられた者は数え切れない。

曰く、男遊びが激しい。

曰く、男嫌いで女遊びが激しい。

どれもこれもまともな噂ではない。もし、ひとつでも正解があるのならお近づきにはなりたくない相手である。

今までにもオリヴィエに婚約者候補がいたことはジャレッドも耳にしている。だが、誰もが無理だと親に泣きつき、中には失踪して婚約を破棄した者までいるのだ。

容姿だけなら文句のつけようがない美女の中身がいったいどういうものであるのか、婚約者に選ばれたジャレッドとしては不安でならない。

とりあえず機嫌を損ねないように愛想笑いを続けるジャレッドだったが、そんな彼に向かいオリヴィエが整った唇をはじめて開いた。

「ねえ、あなたが家督を継ぐことができないって本当なのかしら？」

「オ、オリヴィエっ、突然、失礼なことを言うな！」

「あら、お父さま。未来の旦那さまに気になることをお聞きしてはいけないのかしら？」

「そうではないが、話には順序というものが――」

「わたくしは一時間近くも待っていたのよ。お父さまたちのお話もそろそろ終わりにしてもいいでしょう。それで、あなたは家督を継げないの？　継げるの？　どちらなの？」

慌てる父親の言葉を遮ってオリヴィエの無遠慮な質問が繰り返される。

「残念ですが、俺は家督を継げません。二年後に成人を迎えれば貴族ではなくなります」

「あらそう。別にわたくしは貴族の立場にこだわらないけど、生活はできるの？　あなたに関して事前に色々と調べたけれど、ずいぶん魔獣討伐でお金を稼いでいるそうね。ちゃんと貯金はしている？　わたくしを養うことはできるのかしら？」

貴族でなくなってもかまわないと言ったオリヴィエに驚きながら、今までもらった魔獣討伐金をざっと足してみる。平民として、ごく一般的な生活を送るのなら数年は働かなくても生きていけるだけの額はある。

二年後に魔術師としてなんらかの職に就くことができれば給料だってもらえるので、贅沢はできずとも十分に生活はできる。

「オリヴィエさま、その、孫は確かに父親から家督を継ぐことは諸事情があってできませんが、代わりに私の跡目を継がせようと考えております。ですので、平民になるということはございません」

慌てて割って入った祖父の話はジャレッドすら知らなかった。しかし、オリヴィエはあまり気にしていない様子。興味がないとまではいかずとも、どうでもいいと思っているのかもしれない。仮にも婚約者になった相手へのこの無関心さは、驚くのを通り越して呆れてしまう。

「あら、そうだったのですね。でも、わたくしは貴族でも平民でも構いません。わたくしを守ってくれる人であれば、それだけでいいのです。ダウム男爵のお孫さまは魔獣討伐の技量こそ優れているようだけど、対人だとどうかしら？」

探るような視線が再び向けられ緊張しながら返事をする。

「対人ですか？　そちらは魔術師ではなく騎士団の仕事になるのであまり関わったことはないですが、賊の討伐も何度か参加したことがあります」

「人を──殺せるのね？」

「はい。殺せます」

決して誇れることではないが、ジャレッドは人を殺めた経験がある。質問の意図はわからないが、嘘偽りなく答える。

オリヴィエはなにかを考えるように何度も頷く。そして、

「優れた魔術師だということは調べてわかっているけれど、その証拠が見たいわ。わたくしと結婚する気があるのなら、そうね──宮廷魔術師になってもらいましょう」

「──はい？」

「オ、オリヴィエっ！　お前はまた誰かれ構わず無理難題を押しつけおって！」

公爵は咎める言葉を発するが、娘は知らん顔だ。

「黙っていてくださらないかしら。これはわたくしと、ジャレッド・マーフィーさまの話ですから」

「黙っていられるか！　お前は必ず相手を困らせるようなことばかり言う。嫌なら嫌だと言えばいいだろう。いや、言ったところで意見が通らないと知っていてこんな無理難題を言っているのだろうが――もう、いい加減に歳を考えて行動しろ！」

「年齢のことは言わないでください！」

父親を怒鳴りつけたオリヴィエに、祖父は言葉を失いどうしていいのかわからなくなる。ジャレッドは親子の口論に巻き込まれないように気配を消しながら、あることを思いだした。

悪い噂ばかりを耳にしていたので、それに比べれば些細なことすぎて今まで忘れていたのだが、オリヴィエ・アルウェイの年齢は二十六歳。つまりジャレッドよりも――十歳も年上だ。

はっきり言って、貴族の子女で二十代後半となると「行き遅れ」である。

「いいですか、ジャレッド・マーフィーさま。わたくしと結婚するつもりがあるなら成人するまでの二年間で宮廷魔術師になりなさい。それがひとつ目の条件です」

「ひとつ目、ということは二つ目もあるということですか？」

「もちろんです。次に、婚約者としてわたくしが認めたら、わたくしと母と同居してもらいます。言っておきますが、わたくしと母は別宅で暮らしています。家人もいないので自分のことは自分でするのが当たり前です。一般的な貴族のような生活はできないと思ってください」

「それは別にいいのですが」

「それと、あなたに恋人や想い人はいますか？」

「いえ、いませんけど」

「なら結構です。ダウム男爵のおっしゃる通り、あなたが男爵家を継ぐことになれば側室を迎えることもあるでしょう。ですが、側室を迎えたいのであればわたくしの許可を得てください。いいですね？」

「えっと……」

「いいですね！」

「はい！」

凄むような声に驚き咄嗟に返事をしてしまった。オリヴィエは満足そうに頷き、公爵は顔を手で覆って天を仰いでいる。

祖父はオリヴィエの物言いに唖然としていた。いや、心なしか頰を引き攣らせているように見えた。

「よろしいですわ。では、また日を改めてお会いしましょう」

そう言い残すと、オリヴィエは立ち上がり祖父に向かって恭しく礼をすると、部屋から出ていってしまう。

言いたいことだけを言い、満足げに去っていく姿はまさに台風のようだった。
残されたジャレッドたちは、ただただ言葉もなく呆然（ぼうぜん）としていた。

——家督を継げない男爵家の長男ですが、この度、公爵家の令嬢の婚約者となりました。しかし、噂では性格が悪く、十歳も年上です。

1章　ジャレッドの憂鬱

「娘が申し訳なかった」

アルウェイ公爵は祖父とジャレッドに心底申し訳なさそうに謝罪すると、オリヴィエを追いかけるようにしてダウム男爵家をあとにした。

慌てて公爵たちを見送ったものの、客人がいなくなったと同時にどっと疲れが押し寄せて、ジャレッドも祖父も力なくソファに座っている。

「噂とは違いましたが、元気なお嬢さんでしたね」

そこへメイドを率いて現れたのは、ジャレッドの祖母であるダウム男爵夫人マルテだ。

「お祖母さま、話を聞いていたんですね」

「もちろんですとも。かわいい孫の婚約者がどのような方か興味がないと言えば嘘になりますからね。しかし、ずいぶん大変な条件をつけられてしまいましたね」

穏やかに微笑む祖母だが、笑顔の奥には孫の困っている姿を見て楽しんでいるような気配があった。

「本当にどうしましょう。宮廷魔術師なんて俺がなれるはずがないですよ。国が選んだ最高の魔術師十二人に贈られる称号ですよ！　いくら空席があるからって——」

「お義母さまとの同居は大変そうですものね」

「——って、そっちですか!?」

自分と祖母の思い浮かべる「大変」の意味の違いに、つい大きな声をあげてしまった。

祖父も同じだったようで、ジャレッド同様に驚いている。

「私は、どちらかと言えば彼女とお前がうまくやっていけるかどうかのほうが心配だ」

「貴族が流す悪い噂を鵜呑みにしたくはないですけど、あまりにも悪いことばかり耳に入ってきますから、はっきり言って不安です」

悪い噂しかないオリヴィエのことを思いだすと、爵位が上であったとしても正直お断りしたい。ジャレッドの一存で婚約が破談になるはずがないのは百も承知で、そんなことを思う。噂に聞く、失踪してでも婚約を解消した人物は、今の自分と同じように不安にさいなまれていたのかもしれない。

だが、祖父は静かに否定した。

「噂に関しては心配しなくていい。公爵は厳しいお方だ。噂のようなことはあるまい」

「仮にもアルウェイ公爵家の長女が男遊びや女遊びに呆けているなど、公爵さまが許すはずがありません。性格のきつさは確かにあるようですが、噂に関しては無視してもかまわないでしよう」

祖父母の言葉にジャレッドは首を傾げた。まるで以前から公爵のことを知っているような物言いだった。

ダウム男爵家は、アルウェイ公爵家の派閥に与していることはジャレッドも知っている。だが、いくら貴族同士とはいえ、男爵と公爵とでは位が違いすぎる。なにかしらの関係があるのだろうかと興味が湧く。

「お祖父さまとお祖母さまはアルウェイ公爵とお知り合いなのですか？」

ジャレッドの疑問に祖父は頷くことで肯定した。

「あまり公言はしていないのだが、アルウェイ公爵家とは代々おつきあいをさせていただいている。戦場を何度もご一緒し、共に戦ったことも一度や二度ではない」

「知りませんでした。父もそんなことは言ったこともなかったので、初耳です」

「あの馬鹿息子には言っておらん。公爵家と繋がりがあるとわかれば、あの甘ったれはなにをしでかすかわかったものではないからな」

「言っておきますが、今回の婚約も、もとはジャレッドが相手になるはずではなかったのです」

「どういうことですか？」

祖父は大げさにため息をつくと、メイドの淹れたお茶で喉を潤し、語りはじめる。

「アルウェイ公爵からご息女のことで相談を受けたのが始まりだった。悪い噂のこともあるが、婚約者を決めても今回のお前のように無理難題を突きつけられ、その、あまり言いたくはないがオリヴィエさまの口の悪さに良家のご子息がついていけず破談になることが数件続き、私を頼られてきたのだ」

「最近は晩婚も多いようですが、貴族では二十代前半で子を産むのが一般的です。十代で子を産む方も少なくありません。世間一般的には違うとしても、貴族の中では悪い噂と相まって行き遅れとされるオリヴィエさまを迎え入れたいと思う一族は多くないのです」

「つまり、困った公爵は、男爵家の、しかも爵位を継げない俺に娘を押しつけようとしたってことですか？」

　だとしたらいい迷惑だ、と口に出さないが心底思う。

　もう貴族として生きるのは懲り懲りなのだ。ジャレッドには魔術師として冒険者の立場に身を置き自由に生きたいという小さな野望があった。冒険者たちをあまり好ましく思っていないが、魔術を使って食っていくことを考えると実力主義の冒険者はちょうどいい。しかし、今回の件でそれも駄目になってしまう。

　誰が悪いと言うつもりはないが、いささか納得できないのも事実だ。

「そうではない。アルウェイ公爵は本当にただご息女のことを私に相談されただけだ。まあ、私としてもよい相手がいないかと一族の者に声をかけてみたのだが、その、なんだ、察してくれ」

おそらく、オリヴィエの噂を信じ込んでいて拒絶したのだろう。気まずい顔をしている祖父を見れば、聞かずともわかる。

「そんな折、ジャレッドのことを知っていた公爵と、ご息女の件は抜きにして話をしていたのだが、どこからか話を聞きつけた馬鹿息子が公爵との縁ほしさに勝手に行動した結果が、今回の婚約となってしまったのだ。すまないな」

「お祖父さまが謝らなくても」

「いや、よくない。息子は剣の一族と呼ばれる我がダウム男爵家の長男として優れた剣士かもしれないが、他があまりにも駄目だった。お前の母リズと一緒だったときだけは驚くほどまともだったが、彼女の死後を見れば明らかだ。愛人を作り、子供を顧みることをせず、お前のことも幼いころからないがしろにしている」

「俺に剣の才能があればまた違ったのかもしれませんけどね」

自嘲するように、つい呟いてしまう。

ジャレッドは剣の一族と呼ばれるダウム男爵家に生まれながら、剣の才能を持っていなかった。使えないことはないが、剣士としてはあまりにも凡人――そう父に判断されたのだ。

代わりに魔術師の才能に恵まれているのだが、どちらがよかったのか現在では判断できない。

幼少期、剣を教えようとしては落胆していた父親の顔を今でも覚えている。

父ヨハン・ダウムは戦場で武勲を立てた功績と宮廷魔術師だった母親と結婚したことで、男爵の位を与えられたが、剣の才能を持たないジャレッドに家督を継がせるつもりはなかった。おそらく爵位は側室の子供の誰かに与えられるのだろうが、ジャレッドには興味のない話だ。

幸いにと言うべきか、父とは疎遠になっている祖父母が愛情を注いでくれたのでひねくれることなく育っている。なので、現状にまったく不満などない。

「気にすることはない。剣の一族などと呼ばれているが、剣などは戦いにしか役立てることはできない。そもそも、一族の中でも剣に特別秀でた人間のほうが少ないのだ。少ないということで言えば、魔力を有する人間のほうがより希少で価値があるのだから、お前は魔術師であることをもっと誇りなさい」

「主人の言うとおりです。魔力は神からの恩恵と呼ばれるように、望んで手に入るものではありません。その魔力を持って生まれても、魔術師と名乗れる者はさらに一握りです。宮廷魔術師であったあなたの母親から受け継いだ大切な才能なのですから、もっと自信をお持ちなさい」

祖父母の励ましの言葉に、胸が熱くなる。ジャレッドは、感謝の気持ちを込めて頷く。

このフリジア大陸では魔力を持つ者は少ない。魔術師と名乗ることができるのはごくわずかであり、宮廷魔術師を目指すことができる技量となると大陸広しといえども、ほんの数人だろう。

ゆえに、このウェザード王国においても魔術師には相当な価値があり、最高の魔術師に贈られる称号である宮廷魔術師の地位にも空席が目立つ。

魔力を持つ人間は目に見える優遇こそされないが、魔術師になることができれば貴族が囲い込むことも珍しくない。貴族にとってどれだけ魔術師をそばに置くかは一種のステータスになっている。

今回の婚約の一件も、公爵家が魔術師を迎え入れたいという打算もあったかもしれないと勘ぐってしまう。

「公爵の前でも少し話したが、実はお前には私から爵位を譲り、ダウム男爵となってもらうつもりでいた。その場合は孫娘のイエニーと結婚してもらうことになる。あの子は乗り気だったのでいつ話すべきかタイミングを窺っていたのだが……」

「まさかオリヴィエさまの婚約者になってしまうとは思いもしませんでしたわね」

「あの、そのことにも驚いているのですが。本気で俺をダウム家の当主にしようと考えていたんですか？」

ジャレッドにとって、祖父の跡継ぎになることは、オリヴィエとの婚約と同じくらいに驚くべきことだった。

父が独立しているため、血の繋がりこそあるものの、ジャレッドは祖父を当主とするダウム男爵家の人間ではないのだ。さらに言えば、ジャレッドは母親の姓マーフィーを名乗っており、その母もいくら宮廷魔術師だったとはいえ平民出身なのだ。厳密に言うならば、ジャレッドは母の出自さえ知らない。

男爵とはいえ、建国時から続く歴史あるダウム一族の当主になることなど微塵も考えたことはなかった。

「長男であっても、もともとお前の父親に家督を継がせるつもりはなかったのでいずれ揉めることになるだろうと覚悟していたが、あいつは自分で爵位を得てしまった。家督を継がせようとしていたもうひとりの息子は体が弱く、爵位にも興味はない。ならば優秀な孫に、と考えるのが道理ではないか？」

優秀な孫と言われ、素直に返事ができない。ただ、客観的に見れば祖父の言うことは間違っていないことは頭では理解できる。しかし、心では妹同然にかわいがっているイェニーと結婚してまで家督を継ぎ貴族でいたいとは思わない。

そんなジャレッドの心中を見透かしたように祖母が問う。

「イェニーでは不満でしたか？」

「い、いいえ、そんなことはないですけど、妹のように接してきたので戸惑いはあります」

「あの子は昔からあなたを好いていましたので、よい機会だと思っていました。望むのでしたらあの子の姉もつけますよ」

「それだけは遠慮させていただきます」

イェニー・ダウムはいい子だが、彼女の姉レナとの関係は決していいものではないので即答してしまった。

きっと答えは聞くまでもなくわかっていたはずだ。祖父母に揃って苦笑されてしまった。

「まあ、オリヴィエさまとの婚約がうまくいってしまえば、イェニーは残念なことになるな」

「あら、オリヴィエさまが認めてくだされば側室でもかまわないと思いますよ」

「それもそうだな」

いいことを思いついたとばかりに声をあげて楽しげに笑う祖父と、孫娘を想って微笑む祖母に、ジャレッドは心底困ったことになったとため息をついた。

「イェニーのことは追い追い考えるとして、問題は宮廷魔術師だな」

「あの、さすがに宮廷魔術師にはなれませんよ。俺も魔術師ですから、母がいた高みにのぼってみたいと思わなくはありませんけど、たった二年で叶うほど宮廷魔術師になるのは簡単ではありません。お祖父さまたちもわかっているでしょう?」

「実はな――」

「まさか、まだなにかあるんですか?」

またもや隠されていた話が切り出されそうな嫌な予感に苦い顔をする。

そして、その予感は的中した。

「まだ正式ではないが、お前が宮廷魔術師候補になることが決まっている」

「はぁ!?」

　ジャレッドは目を大きく見開き、本日何度目になるのかわからない衝撃を受けた。

「魔術師が希少であることは言うまでもないが、さらにお前は『大地属性魔術師』でもある。魔術師の中でも複数の魔術属性を持ち、魔獣討伐をはじめ多くの実績を上げている以上、王宮も魔術師協会も放っておくわけがない」

　祖父の言う大地属性とは――地属性、火属性、水属性という複数の魔術属性を持つ複合属性を指す。他にも空属性、海属性という複合属性があるが、複数の属性を持つ魔術師はあまりにも稀有な存在だ。

　それらは、ひとつひとつの属性が群を抜いているわけではないが、一定以上の力がある複数の属性持ちに与えられる属性名であり、国によってはその希少価値は大金になると聞く。

　俗な話ではあるが、魔術師の血を取り込みたい貴族が一族に迎えようと、大枚を叩くこともあるという。

　幸いにと言うべきかウェザード王国では魔術師協会と王宮がそのような勝手を許さない。魔術師協会に至っては、引き抜きや婚約はまだいいとしても、血だけを求める行為は魔術師を馬鹿にしていると、金で買おうものなら協会総出で魔術師を守る覚悟をしている。

　事実、ジャレッドは自分が大地属性魔術師であるとわかったときに、魔術師協会の幹部から困ったことがあればいつでも頼ってくれと声をかけられている。

「私もジャレッドが宮廷魔術師候補に挙がったことは驚きました。未成年だということもあり、まずは保護者にあたる私たちに話がきたのです。黙っていてすみません。私たちも悩みました。今、この国は平和に見えますが、実際は違います」

「あのよくわからない秘密組織ですね？」

「そうです。敗戦国の残党と、現在の大陸の情勢に不満を持つ者たちで組織されたと言われている集団が面倒な事件を起こしていることはジャレッドもよく知っているはずです」

本当に敗戦国の残党で組織されているのか真偽の程は定かではないが、多くの場所で暗躍し、事件を起こしているのは事実だ。

すでにジャレッドはその秘密組織なるものと戦っている。魔術師協会から受けた仕事の最中に出くわし、ウェザード王国の住人という理由だけで問答無用で襲いかかられたのだ。

王宮も敗戦国の残党が関わっているという噂がある以上、組織を野放しにしておくつもりはないようで、何度か騎士団の派遣も行なわれて小規模ながら戦闘も起きている。

はっきりとした名前も知られていない秘密組織――便宜上『混沌軍勢』と呼ばれる者たちは、大陸の中でも豊かな国であるウェザード王国や近隣国にテロ行為を行っていた。行動理由、構成員はいっさい不明。一説によると、ウェザード王国内の不満分子や、反王族派の者たちが主だったメンバーなのだという。近年では、その滅んだ国の子孫までもが加わっているとも聞く。

結局のところ真偽はわからないということだけが確かなのだが、度重なるテロ行為、魔獣を操り街を襲う行動は見過ごせるはずもなく、王宮はもちろん、魔術師協会、冒険者ギルドまでが大陸の敵として排除しようとしている。

　無論、敵は混沌軍勢だけではない。友好国以外の国とは、少なからず小競りあいを繰り返しているため、戦争になる可能性もまったくないわけではないのだ。

「魔術師は希少だ、と言いながらいざ戦いとなれば矢面に立つことは必須。魔術師団はもちろん、彼らを率いる宮廷魔術師も同じですね」

「騎士にも規格外な者はいるが、魔術師のほうが戦力として上であるのは事実。いや、違うな。どちらもいなければならないのだ」

「そして宮廷魔術師候補になれば必然的に俺も戦場行きですか。まあ、今も毎週のように魔獣や賊と戦っていますから、相手の正体がよくわからない組織や敵国の人間に変わるだけなので問題はないのですが……」

「ですが、どうしたのかしら？」

　歯切れの悪いジャレッドに祖母が心配そうに顔を覗き込んでくる。

「宮廷魔術師の席は半分しか埋まっていないはずです。本来なら魔術師団から空席が埋められるのが普通だと思うのですが？」

「私たちも不思議に思って聞いたのだが、魔術師協会に言わせると魔術師団の中には宮廷魔術師になることができる人材はいないとのことだ」

確かに、とジャレッドは納得する。ふさわしい人材がいれば自分に声がかかるはずもない。

「あと、派閥争いにも巻き込まれたくありません」

「むうう……騎士団でも派閥争いはあるからな。本来なら一致団結して国のために務めなければならないはずなのだが、誰の下につくかで味方もできれば、敵もできる。嘆かわしい。とはいえ、私も派閥には入っているから偉そうなことは言えんが」

「やはり宮廷魔術師にも派閥があるのですか？」

「あるみたいですよ。うしろ盾となってくださる貴族の派閥に組み込まれると聞いたことがあります。魔術師団の中でも派閥争いはあるようですし、ジャレッドが宮廷魔術師候補になることで、派閥に組み込まれるのかそうはならないのかまではわかりませんが、覚悟はしておいたほうがいいでしょう」

ジャレッドが通う王立学園の中でさえ派閥争いがある。爵位が上の貴族が部下を集め、敵対する一族と争うことは珍しくない。学園内が将来のちょっとした予行練習の場となっているのだ。

幸いジャレッドはどこの派閥にも組み込まれていないのだが、それはそれで敵が多いのだ。もっとも敵といっても明確に敵対するわけではなく、陰口や嫌がらせなどが主となる。所詮、生徒同士ではそんなものだ。

授業の履修を免除される代わりに魔術師協会からの依頼を受けているジャレッドは、ほとんど学園に顔を出すことがないため、被害はないに等しい。

もともと魔術師というだけで、羨ましがられ、僻まれ、妬まれるのだ。

引き込むことができれば味方として優遇され、できなければ敵対する。所詮は成人前の子供たちなので行動も単純である。

「困ったことになったな。オリヴィエさまが婚約の条件に宮廷魔術師などと言わなければ、もっと違う未来もあったのかもしれないが」

「あの、お祖父さま。オリヴィエさまとの婚約を断るという選択肢はないのでしょうか？」

「あるはずがないだろう」

「ですよね。いえ、一応聞いておきたかっただけです」

魔術師であるだけで学園内の居心地はあまりよくない。そこに、男爵家のジャレッドが公爵家のオリヴィエを婚約者にしたなどと知られてしまえば、彼女の噂も相まってどうなるのか予測不可能だ。さらに宮廷魔術師候補ともなれば、今まで放置してくれていた貴族たちも動き出すだろう。

決して自惚れているわけではない。フリジア大陸の魔術師など、どこの国でもこんなものだ。

「先ほど、派閥の話をしたが、私たちダウム男爵家はアルウェイ公爵家の派閥に属している。オリヴィエさまとの婚約も身分違いと言われることもあるだろうが、優秀な魔術師であるお前を気に入っておられる公爵としては婚約がまとまろうと破談しようと他所には渡したくない人材であることは間違いないだろうな。いや、公爵自身はそうではないだろうが、周りの人間が、な」

「面倒ですねぇ」

「なにを言っているのですか。派閥争いなどかわいいものではありませんか。私たち女性のほうがもっと苦労していますよ。それこそ、男性が知ったら女性不信になるようなことも頻繁に起こっていますよ」

「嫌だなぁ」

「貴族だろうと、平民だろうと、人間関係は複雑で難しいものです。嫌ならばなにもかも捨てて山奥などでひっそりと暮らせばよいのです。そうせず、社会の中で生活するのであれば、面倒なことも嫌なことも受け入れて乗り越えて生きなければいけません」

至極もっともな祖母の言葉にジャレッドは頷く。

ジャレッドも面倒だと思っているだけで、すべてを捨て去ってまでそうしたことに関わりたくないと言うつもりは毛頭ない。

魔術師に生まれ、ありがたいことに母親から才能を受け継いだことを自覚した時点で、面倒な人生になることは予想していた。

予想とは斜め上の方向に進んでしまったが、まだまだ軌道修正ができるはずだ。

「マルテの言うことは間違っていない。お前には悪いが、私は困っている公爵の力になりたいと思っている。だから婚約をなかったことにはできない。しかし、今後お前がオリヴィエさまとお会いして、将来を考えることができないと本当に思うのなら、公爵には申し訳ないが孫の幸せを一番に考えさせてもらおう」

「お祖父さま……感謝します」

「なに、いらぬ苦労をさせているのだ、力になれることがあれば遠慮なく言ってくれ。ただ、現状ではオリヴィエさまとの婚約が成立する運びとなっているので、条件である宮廷魔術師候補の件も受けておくぞ」

「お願いします」

望むところだ、とジャレッドは意気込む。

魔術師ならば高みを目指すのは当たり前。なによりも、わずかな記憶しかないものの、母親が立っていた頂(いただき)を目指すことができる、願ってもないチャンスであることは確かなのだ。

結局のところ、いずれはたどり着かなければならない場所へ向かう時期が早まっただけだ。

「オリヴィエさまのことはともかく、宮廷魔術師候補の件は頑張ってみようと思います」

孫の決意に、祖父母は破顔(はがん)し頷いた。

◆

オリヴィエ・アルウェイ公爵令嬢との婚約が決まったからといって、その翌日からジャレッドの日常が特別変わることはなかった。

——ジャレッド以外は、だが。

魔術師協会からの依頼も受けていないため、ウェザード王国王立学園に足を運んだジャレッドは、学園内でなんとなく違和感に気づいた。

「なんだか嫌な視線を感じるんだけど?」

もとよりいい意味でも悪い意味でもジャレッドは生徒たちの間で有名だった。

家督を継げない男爵家の長男として見下されながら、授業を免除される代わりに魔術師協会から依頼を受けている立場は、いくら魔術師とはいえ贔屓されていると思われている。

事実、贔屓されている。

秀でた部分を積極的に伸ばすことに力を入れる方針の学園では、ジャレッドの大地属性魔術師としての才能は他の生徒と分け隔てても向上させたいはずだ。しかし、ジャレッドを教えることができる教師は学園にはいない。

いくら王立学園といえども、魔術師そのものの数が少なく、秀でた魔術師の多くは魔術師団や貴族の家臣となっている。それ以上になると宮廷魔術師だ。フリーランスの魔術師もいるのだが、そういった者は冒険者として活動している。つまり、教師で魔術師という都合のいい人間は決して多くないのだ。

すでにジャレッドの魔術師としての実力は、魔術師協会が宮廷魔術師候補に選ぶだけあって、一定のラインを超えている。

五百人前後が在籍している学園の生徒の中でも、魔術師は五十人ほどであり、ジャレッドに匹敵する魔術師は片手で数えるほどしかいない。彼らもまた魔術師協会から学園の授業履修免除と引き換えに依頼を受けているのだ。

他の生徒からすればおもしろくないのはある意味当然だった。

なので、学園に足を運べば視線を受け、陰口を叩かれることも珍しくない。しかし、今回ジャレッドが感じる視線はいつものものとは少し違う。

ねっとりとした不快感の強い視線だ。見下されているのは普段通りだが、さらに別の感情が含まれているように感じた。

「あっ、よかった！　いたいた！　マーフィーくん！」

そんな視線を受けながら教室に向かっていたジャレッドを呼び止める声が聞こえ、振り返ると見知った少女が小走りでやってくる。

亜麻色の髪を短く切り揃えた快活な印象の少女。やや小柄で、幼さを残すかわいらしい容姿をしているが、性格はしっかり者で生徒会にも属している。ジャレッドが友達だと胸を張って言うことができる——クリスタ・オーケン。

「クリスタ、久しぶり。慌てているようだけど、なにかあったの？」

「うん、久しぶり——じゃなくって、マーフィーくんのせいで慌ただしいんだよ！」

「俺のせい？」

心当たりがなく首を傾げてしまう。対してクリスタは盛大にため息をつくと、呆(あき)れたような視線を向けてきた。

「あのね、マーフィーくんもそうだけど、ここウェザード王国王立学園の生徒の半分が貴族なんだよ？」

「そんなこと言われるまでもなく知ってるよ。ただ、年々貴族の子女が減っているのも事実。なぜかというと、貴族ではないクリスタたちのような子が頑張って勉強して入学するからだ。学園も阿呆(あほ)な貴族のお坊ちゃんたちよりも、伸ばすことのできる才能を持つ平民のほうがいいと思っている。素晴らしい学園の方針だな」

もっとも、ジャレッドはクリスタのように貴族ではない子を『平民』と呼ぶことが好きではない。とはいえ、他に言葉が見つからず貴族と分けるときには使っているのだ。

「学園の方針はありがたいと思っているし、貴族なのに私たちに分け隔てなく接してくれるマーフィーくんのことは大好きだけど、今はそれどころじゃないの！」

「だからなにがあったんだよ。さっきからずっと気持ちの悪い視線を浴びてうんざりしてるんだ」

「あのね、だからね、その原因はマーフィーくんなのよ」

「俺が、どうして？」

疑問の色を浮かべると、クリスタが一歩近づき背伸びをする。ジャレッドの耳元に口を近づけてそっと小さな声で話しだす。

「オリヴィエ・アルウェイさまと婚約したでしょ？」

「——な、ななな、な、なんで、それを」

「はぁ。だから言ったでしょう。この学園の生徒の半分は貴族なんだよ。貴族の噂好きは同じ貴族のマーフィーくんのほうがよく知っているはずなんだけどなぁ」

「そんなまさか、昨日の今日だぞ」

「そのまさかが現に起こっているから生徒会は大変なんだよ！　ほら、耳をすませて周囲の声を意識して」

言われた通りに耳をすませる。雑音だと認識していた不特定多数の生徒たちの声に耳を傾けた。

すると、「家督を継げない長男が婚約したって」「誰だよ、そのかわいそうな女性は」「あの有名なオリヴィエさまだとさ」「傑作だ、国で一番尻が軽い貴族と言われた女なら家督を継げない落ちこぼれにはぴったりだ」「あいつもうまくやったよな」「ああ、性格が悪く、尻が軽くても、相手は公爵家の令嬢だ」「家督が継げないなら女に取り入ればいいわけだ」「魔術師さまは優遇されていいな」と、不快な声ばかり聞こえる。

他にも「どうせまたオリヴィエさまに捨てられる未来が見えているわね」「あの方は行き遅れているご自覚がないのでは？」「男が嫌いと聞きましたが？」「容姿がよろしければ性別は気にしないようですよ」「あら、お盛んね」「もしくは誰かの子種だけでもほしいと思っているのかしら」「結婚はしたくなくても母親にはなりたいということ？」「あんな人が母親になれるとは思えませんが」「マーフィーさまもかわいそうに」と、実に不愉快極まりない。

いっそ文句を言ってやろうと口を開こうとしたが、ジャレッドの腕をクリスタが強く握った。

「駄目だよ」

「なにが？」

「マーフィーくんのことやオリヴィエさまのことを悪く言っている人たちに文句を言ったところでなにも変わらないよ。そんなことをすれば、噂話や陰口のいい材料になるだけだから、絶対に駄目」

「なら無視していればいいのか？」

「うん、そうだね。ごめんね、私のせいで嫌な気分にさせたよね。でも、学園では今、マーフィーくんとオリヴィエさまとの婚約の話題でもちきりだってことを自覚してほしかったの」

なにもクリスタが悪意ある言葉を聞かせたかったわけではないことくらいわかっている。

誰も彼も憶測だけで、好き勝手に話しているだけ。そして、噂の主のジャレッドが来たから視線が集まり、話も勢いを増したということ。

正直、怒りが湧いてくる。自分のことだけならまだしも、祖父母から噂は事実ではないと聞いたオリヴィエのことまで言っているのが腹立たしい。

確かにジャレッドもオリヴィエの噂のことは知っているし、話してみて実に気の強い一面があることもわかっている。無理難題も言われているので、内心思うことだってある。

それでも、彼女のことをなにも知らない誰かが好き勝手に馬鹿にするようなことを口にしているのを聞けば不愉快になる。

「もう行こう。先生にマーフィーくんを呼んできてほしいって頼まれていたのを忘れちゃってたよ」

「先生が俺を？　とくに用事はなかったと思うんだけど」

「詳しく知らないけど、魔術師協会の人がきているみたいだよ。なにかしたの？」

「あー、心当たりがないわけでもないや」

おそらく宮廷魔術師候補の件だろう。

祖父母に受けると言ったものの、昨日の今日でもう協会の人間が現れるとは行動が早いと感心する。それ以上に、本当に自分が宮廷魔術師を目指すことができるのだと思うと、表にこそださないが心が躍る。

同時に心配事もある。宮廷魔術師になるには、なにかしらの功績を残さなければならないのだ。誰もが宮廷魔術師にふさわしいと認めるだけの、功績を。

　ジャレッドにはそんな功績はない。

　ならば、どうすればいいのか。これから功績を立てるしかない。

　しかし、現代は戦争がない。皆無ではないが、国同士が不仲でも国を疲弊させたくないので、戦争という手段は本当に最後まで取らない。平和なことはいいことだが、そうなると戦闘などは魔獣討伐がせいぜいだ。ジャレッドも数多の魔獣を倒してきたが、功績を立てたのかと問われれば否定せざるを得ない。数は多いが、質が大したことないのだ。

　いっそ竜や災害指定級の魔獣を倒すことができればいいのだが、竜が住まう竜王国とはウェザード王国は同盟を結んでいるし、災害指定級の魔獣が現れれば国の危機だ。

　なにを目的に宮廷魔術師候補として活動していけばいいのかわからない。

　降って湧いたチャンスに喜びながら、数歩先が見通すことができない現状に一抹の不安を覚えずにはいられなかった。

「心当たりってなに？」

「あとで説明するよ。今は、とにかくここにいたくないから職員室に行こう」

　未だ楽しそうに陰口を叩いている生徒たちを一瞥すると、ジャレッドは小さく鼻を鳴らして背を向けて歩きだした。

◆

「待っていたよ、ジャレッド・マーフィーくん。まずはご婚約おめでとう。まさかアルウェイ公爵家のオリヴィエさまのお相手に選ばれるとは思っていなかったよ」

職員室では担任のキルシ・サンタラが紫色の髪を揺らしながらジャレッドたちを迎えてくれた。ただし、からかうような笑顔でだ。

「一応、ありがとうございます、と言っておきます。ていうか、先生まで知っているんですね」

「もちろんだとも。貴族の子供たちが通う王立学園内の噂は君が想像している以上に伝わるのが早いんだよ。教師にだって貴族がいるんだから、噂の伝達力なら教師も生徒に負けやしないさ」

「勘弁してくださいよ」

キルシの言葉に職員室内を窺えば、大半の教師たちがこちらに視線を向けていた。見知った教師はキルシと同じようにからかうような笑みを浮かべていたが、普段交流のない教師は慌てて目をそらした。

「でもまさかねぇ、君が年上好きだったとは思わなかったよ。言ってくれればいつだって君と結婚したのに」

「遠慮します。じゃなくて、俺は別に年上好きじゃないです！」

「おや、違うのかい？　オリヴィエさまといえば確か私と同い年だった気がするんだけど……」

「先生と結婚したら毎日魔術実験に巻き込まれますから嫌です」

「ひどいなぁ」

ちっともショックを受けた様子を見せずにキルシが笑みを深くする。彼女は魔術師であり、教師であるが、同時に研究者でもあった。

闇属性の魔術師によく見られる紫色の髪を肩のあたりで切り揃え、銀縁の眼鏡をしたキルシはよく見ると美女なのだが、寝不足のせいで目元に隈をつくり、洋服の上から羽織ったよれよれの白衣のせいで若干残念な感じになっている。

研究者として有能なため学園から彼女個人に研究室が与えられているのだが、頻繁に生徒を実験台にするため要警戒の教師であった。

ジャレッドはキルシにとって興味深い生徒のようで、観察対象、研究対象にされている。

彼女に関わるようになってから何度かひどい目に遭ったが、どこか憎めないところがあって、こうした軽口も言い合うことができる関係だった。

「キルシ先生、そんなことよりもマーフィーくんに魔術師協会からお客さまがいらっしゃっていると聞いているのですが？」

「あー、そういえばそうだったね。きてるよ。ジャレッドくんも面倒なことになったね」

「そのことも知ってるんですね」

「もちろんさ。君のように優れた魔術師じゃないけど、私は戦闘者ではなく研究者であり探求者だからね。そっち方面では君と同等、いやそれ以上に評価を受けているんだよ。そのおかげもあって、情報が頼んでなくても入ってくる。まあ、君に関しての情報は積極的によこすように言ってあるけどね」

　にんまりと笑顔を浮かべるキルシに対し、ジャレッドは頬(ほお)を引き攣(つ)らせた。

　自分のどこが彼女に興味を抱かせるのか不明だが、キルシの思考と行動は普通の人とは別次元で動いているため予測も想像もできないので対処不能だ。

　さらに行動力もあるので心臓に悪い。彼女は自身の興味と好奇心と欲望に忠実すぎるのだ。

「君とはもっと話をしていたいけど、魔術師協会の人間を待たせておくと他の教師から叱(しか)られてしまうのでそろそろ解放してあげよう。お客は応接室だよ」

「ありがとうございます。じゃあ、失礼します」

「おっと、そうだ、ジャレッド・マーフィーくん」

　名を呼ばれ、動き出そうとした足を止める。

「さっきの話だけど、私は側室でもかまわないので君の覚悟が固まって迎えにきてくれるのを待っているよ」

「うしろ向きに検討させてもらいます」

「素直じゃないなぁ」

　本気か、そうではないのかわからないが、キルシが会話を楽しんでいることだけは伝わってくる。ジャレッドも彼女との他愛(たあい)のない会話は楽しかった。

「またね、ジャレッドくん」

小さく手を振るキルシに手を振り返す。隣ではクリスタが小さく頭を下げたが、どこか不機嫌な顔をしていた。

「どうしたの？」

「どうもしない！　さあ、行くわよ！　では、キルシ先生、失礼します！」

「はいはい、失礼されます」

返事をしながら書類に視線を移してペンを動かしだしたキルシに背を向けて、ジャレッドたちは応接室に向かう。

職員室に隣接する応接室は廊下からも、職員室側からも入ることができる。

近くにいた教師に声をかけ、職員室側にある扉をノックする。

「ジャレッド・マーフィーです。入ってもよろしいでしょうか？」

「お待ちしていました、どうぞ」

「失礼します」

返事を受け、扉を開けると一礼をして室内に入る。

「マーフィーくん。私は一緒に入れないから、教室に戻るね。またあとで声をかけて」

クリスタに頷きながら、静かに扉を閉めた。

応接室の中には、二人がけのソファの前に立つ、スーツ姿の男性がいた。小綺麗に身なりを整えたその男性からはあまり魔術師という印象は受けない。だが、魔術師協会に属している人間である以上、魔術師であることは間違いない。だとすれば、実力を隠すことができる実力者か、もしくは隠すまでもない程度の魔力しか持たない者かのどちらかだろう。

男性がジャレッドに向かって笑顔を見せる。

「私は魔術師協会協会員のデニス・ベックマンです。この度は、宮廷魔術師候補となることをご承諾いただき、どうもありがとうございます。さあ、どうぞ、お座りください」

「失礼します」

デニスに勧められてソファに腰を下ろすと、彼もジャレッドに続いて座る。

嫌味のない柔和な笑みを浮かべたデニスは三十代半ばに見えた。こげ茶色の髪を短く切り揃え、協会員の証であるバッジを襟につけている。

「以前からジャレッド・マーフィーさまのご活躍ぶりは魔術師協会内でも話題でした。今回、ダウム男爵から前向きなお返事をいただき、失礼を承知で馳せ参じました。この一件は早いほうがいい——そう思ったのです。さっそくですが、マーフィーさまは宮廷魔術師をどうやって選ぶのかご存知ですか？」

問われ、首を横に振る。

「魔術師協会の推薦、もしくは元または現役の宮廷魔術師の推薦などが必要なのは知っていますが、詳細(しょうさい)まではわかりません」

「いいえ、それが普通です。今まで宮廷魔術師を選ぶのに、これといった決まりがなかったのですから」

「決まりがない？」

「ありません。宮廷魔術師になるだけの実力者は、宮廷魔術師にしかなれません。例(たと)えば、マーフィーさまのお母さまであるリズ・マーフィーさまも、戦場では一騎当千(いっきとうせん)の強者(つわもの)であると同時に、『破壊神』とまで恐れられた魔術師でした。あの方の場合は、とりわけ功績が多すぎて国のお抱え魔術師になるしかありませんでした」

「母が、破壊神、ですか？」

まさか母がそんな呼び方をされていたとは夢にも思わず、つい聞き返してしまう。

ジャレッドの母リズ・マーフィーは彼が幼少のころに亡くなっている。死因は毒殺。それだけしかわかっていない。犯人も、動機も、元とはいえ宮廷魔術師だった母があっさり死んでしまった理由もわからない。

物心ついたときには母はおらず、屋敷では母の話を口にすることは禁じられていた。母と親しかった側室――のちに正室となり義母となったカリーナ・ダウムが我が子のように愛してくれたが、母の想い出も語れないことは子供ながらに不満だったのを覚えている。

祖父母の世話になるようになってからも、なにも尋(たず)ねることができず、わずかな記憶だけが母の思い出だった。

「地属性魔術の使い手として、戦場では敵も味方も平等になぎ払い、地面を砕き、山を削る姿はまさに荒ぶる神のごとく。私も若いころに何度か戦場でお見かけしましたが、情けないことに失神してしまいました」

懐かしそうに話しながらも、小刻みに震えだすデニスを前にして、

――一体母はどれだけ恐ろしい人だったんだ？

つい、そんな疑問が湧く。

マイペースで個性的な母ではあったがジャレッドにとっては優しい母だったので、デニスの言葉と記憶が合致しない。まるで別人の話を聞かされているような気分になる。

「リズ・マーフィーさまは極端な例ですが、宮廷魔術師になれる実力を持つ方々は、その規格外な強さ故に立場を与え、役職を与えてでも、国が欲したのです」

「なにをおっしゃいます！」

「あの、俺はそこまで規格外ではないので、宮廷魔術師なんて無理だと思うのですが？」

くわっ、と目を見開きデニスが大きな声をあげた。落ち着いていた彼の変わりように、思わず身を引いてしまう。

「あなたはまだ十六歳という若さで、つい先日も飛竜の群れを単身で壊滅なさいました。気づいておられないでしょうが、普通は騎士団が百人以上派遣されるレベルなんですよ！　それ

に、その前は海魔と戦いましたよね、あの海魔は災害指定級とまではいきませんが、準災害指定級と言っても過言ではない被害を出していたのです！」

「た、大したことをしたつもりはなかったのですが……」

「……そもそも、複合属性の大地属性魔術師である時点でもう規格外なのです。あなたはご自身が規格外の才能と実力を持ち、それらがまだ発展途上だということを自覚してください！」

顔を真っ赤にして唾を飛ばすデニスの豹変ぶりに唖然としているジャレッドはただ驚きを隠せない。

はっきり言って、今まで自分が規格外などと言われたことがなかったからだ。

確かに大地属性魔術師が希少な存在であることは理解しているが、生まれ持ったものを特別視するほど傲慢な性格の持ち主ではない。

肩で息をしていたデニスが言葉をなくしているジャレッドに気づいて慌てて取り繕う。

「た、大変申し訳ありませんでした。いささか冷静さを失ってしまいました」

「お、お気になさらず」

「つまり、マーフィーさまはすでに宮廷魔術師に選ばれるだけの力を有しているのです。ですが、今のままでは宮廷魔術師になることはできません」

ジャレッドも自分がすぐに宮廷魔術師になれるなどとは夢にも思っていない。昨日、祖父母から候補に挙がっていると聞かされたときでさえ、疑問に思ったのだから。

今、こうして協会員のデニスから話を聞いても、自分が宮廷魔術師になる姿が想像できない。むしろ、今のままではなることができないと言われてほっとしてしまったくらいだ。

「私たち魔術師協会とウェザード王国は、半分が空席である宮廷魔術師の席を少しでも埋めたいと思っています。しかし、現時点で候補者はマーフィーさまを含めて三人。あまりにも少ないのが現状なのです」

他にも二人の候補者がいることには驚かなかったが、どんな人物なのか興味が湧く。

宮廷魔術師といえば、魔術師の中でも頂点にある立場だ。選ばれる人数は十二名だけ。現時点では六人しかいない。それほどまでに宮廷魔術師への道のりは険しく、目指してもたどり着くことができない頂だ。

「他の候補者について尋ねてもいいですか？」

「残念ですが、他の方たちもマーフィーさまと同じように意思確認をしている最中ですので、まだお伝えすることはできません。正式に候補者となれば、大々的に公表されるでしょう」

それまでお待ちください、と申し訳なさそうに告げるデニスに、ジャレッドは気にしていないと笑顔を浮かべた。

デニスは大げさに胸を撫でおろすと、一転、不安げな表情となる。

「実は、マーフィーさまにお話ししておきたいことがあるのです」

「おっしゃってください」

「候補者がマーフィーさまを含めて三人と言いましたが、もっと増える可能性があります」

「それっていいことですよね？」

「悪くはない、と思います」

宮廷魔術師が増えることは国の戦力と防衛力が強化されることに繋がるため、増えるなら喜ばしいことのはず。事実、魔術師協会も王宮も躍起になって才能あるものを探し宮廷魔術師の空席を埋めようとしている。

しかし、デニスの表情は優れない。

「これは候補者の方にお伝えすることになっていますし、関係者なら知っていることなのですが――他国から優秀な魔術師を宮廷魔術師候補に招こうとする動きがあるのです」

「はっきり言っていいですか？」

「どうぞ」

「それのなにが問題なのか俺にはわからないんですけど」

「はい、本来であれば問題はありません。各国間で優秀な人材の引き抜きが行われることは珍しくなく、現にマーフィーさまを自国に招こうとしている国もあります。そうした動きはひとまずすべてこちらで潰しましたが、マーフィーさま個人に接触してきた場合はすぐ協会にご連絡ください」

まさか自分に引き抜きの話があがっているとは思わず、ただ頷くことしかできなかった。

オリヴィエとの婚約をきっかけにジャレッドの人生が大きく動きだしている気がしてならない。

「引き抜きそのものがいけないのではなく、問題はそれに関わる人物にあるということです」

「他国の魔術師の人格に問題が？」

「いえ、人格が少しくらい問題があっても宮廷魔術師になることのできる力と実績があれば構わないのです。今回の場合は、嘆かわしいことに引き抜こうと動いているこちらの人間に問題がありました」

　なんだか面倒事に巻き込まれそうな予感がひしひしとする。

「ウェザード王国も一枚岩ではありません。派閥争いがあり、王宮の中でも王位継承権争いがあります。火種（ひだね）はどこにでも燻（くすぶ）っており、些細（ささい）なことでも争いの原因となってしまうのです。今回、他国から宮廷魔術師候補を引き抜こうとしている人物は、魔術師協会と国王に反目（はんもく）する者たちです。引き抜かれる人物はおそらく他国のスパイ、もしくは反目する勢力の戦力となってしまうでしょう。それは避けたいところです」

「それで俺にどうしろと？」

「王宮も私たちも他国の魔術師を迎え入れることには異論ありません。ですが、信頼できない魔術師はいりません。私たちは私たちの信頼できる魔術師が欲しい」

「それが俺とか言いませんよね？」

「はっきりと言いましょう。ジャレッド・マーフィーさまはリズ・マーフィーさまのご子息であり、優秀な魔術師です。すでに宮廷魔術師になれるだけの実力があり、功績さえあればすぐに候補ではなくなります。ですので、ぜひ私たちの味方になっていただきたいのです」

――ふざけんな！

と、内心叫びたくなったが、魔術師として培(つちか)った理性と忍耐力を総動員して堪(こら)える。厄介事(やっかいごと)がもうひとつ手を振って目の前にいる現状に頭が痛くなった。

「もちろん、私たち魔術師協会がマーフィーさまを支えます。王宮もあなたを悪いようにはしないでしょう」

「あの、どうして俺に？　母が宮廷魔術師だったから、だけじゃ納得ができません」

「現在のウェザード王国は一見すると平和に見えますが、謎の秘密組織の暗躍(あんやく)や、他国との駆け引きなどがあり不安定なのです。その状況下で国王に反目する人物たちがいることは厄介でしかありません。そこで、先ほどの理由と、国王が信頼しているアルウェイ公爵の息女オリヴィエさまの婚約者になったマーフィーさまなら信頼できると思ったのです」

――ああ、やっぱり婚約のせいだ。

宮廷魔術師になれるのならオリヴィエとの婚約は順調に進んでいくはずだ。そうなればアルウェイ公爵家と関わりが深くなり、結局巻き込まれることになるかもしれない。なによりも祖父はアルウェイ公爵と親しく、派閥にも加わっている。結局、時間の問題だ。

ほとんど逃げ場がないことに絶望したくなった。

「もしかして、婚約の話がなければ宮廷魔術師候補の話もなかったのですか？」

「いいえ、それは違います。マーフィーさまが宮廷魔術師候補に選ばれたのはずいぶん前です。オリヴィエさまとのご婚約は最近のお話のようですが、魔術師協会は昨日まで知りませんでした。あくまでもあなたの実力と今までの実績が認められ候補となったのです」

「他の候補者たちにもこの話を？」

「しています。幸いと言うべきか、今回の候補者の皆さまは人柄、立場ともに信頼できる方でありました。とはいえ、マーフィーさまには少々話しすぎてしまいましたね。ですが、宮廷魔術師になる以上、国と深くつながるのは当然です。中には身分の高い方の支援を受け、言われるがまま行動する方もいます。こうやって今、お話ししているのは、私たちがマーフィーさまたち候補者に誠意を持っているからであるとご理解ください」

それゆえ宮廷魔術師ではなく、候補者のジャレッドにいずれ巻き込まれる可能性がある厄介な事情を話してくれたのだ。

いわば、情報公開は信頼の証。

信頼を得るために魔術師協会は誠意を見せた。

「俺を含め候補者が全員宮廷魔術師になれるとは限らないのに、そんな大事なことを話してしまっていいのですか？」

「構いません。もちろん、他言無用でお願いしますが、いずれわかることです。信頼関係を築くためにお話ししていることですので、宮廷魔術師にならなかったらどうこうなどと考えていません」

おそらく肝心な部分まで明かす気はないのだろう。現に、国王に反目する人物たちの名前が出てこない。きっと、それらのことはアルウェイ公爵家と関わりを持ち、オリヴィエとの婚約が進めばわかってくるはずだ。

「宮廷魔術師になるには、このようなことに否応なく巻き込まれていくということを覚悟していただきたいと思っています。その上で、お尋ねさせて頂きます。――ジャレッド・マーフィーさま、あなたに宮廷魔術師を目指す覚悟がありますか?」

「問われるまでもなく、あります」

「即答、ですか。素晴らしい。数年前、候補者に選ばれた方に当時の問題をお話しし同じように尋ねたところ、返答は考えさせてほしい、でした。ですが、あなたは違った。即答だった」

感動――と表現すると少し大げさだが、ジャレッドの躊躇いのない答えを受け、デニスは満足していた。

「俺は母がいた高みにのぼりたいんです。魔術師としてどこまで通用するのかも試してみたい。そのチャンスを簡単に手放すことなどできません」

「実に、魔術師らしい回答ですね」

「そうかもしれませんね。だけど、俺だってこの国の民です。力になれることがあれば力になりたい。それに――」

「それに？」

「どうせ巻き込まれそうなので」

苦笑してみせると、デニスもジャレッドにつられて苦笑いした。

「そうですね、オリヴィエさまから宮廷魔術師になるように言われ、お祖父さまのダウム男爵はアルウェイ公爵がもっとも信頼する臣下(しんか)である以上、宮廷魔術師にならずともマーフィーさまのように優秀な魔術師であればいずれ巻き込まれるでしょうね」

「情報が筒抜けだなぁ」

すでにオリヴィエとの婚約だけではなく、彼女の提示した条件まで知られていることに、もはや笑うしかなかった。

「プライベートに踏み込むつもりはないのですが、情報は常(つね)に入ってきますし、行動するにも情報が必要です。そのあたりはご勘弁ください」

「いえ、もういいんです。朝から学園内でも噂が広がっているので、もう慣れました」

「……その、お気の毒です」

心底かわいそうだと言いたそうな視線を受けてジャレッドはいたたまれない気持ちになる。

「お構いなく。とりあえず、宮廷魔術師になるための心構えはできたのですが、問題はどうすれば宮廷魔術師になれるかですね」

「はい。魔術師協会ではマーフィーさまを素質、才能、実力、人格、背後関係が問題なく宮廷魔術師にふさわしいと判断しております。ですがやはり、功績がもうひと押しほしいのです。いくら飛竜の群れを壊滅させても、準災害指定級の海魔を倒しても、宮廷魔術師として認められるにはあと一歩及びません。また、年齢的にも十六歳であることから、王立魔術師団の魔術師たちに侮られないためにも大きな功績が必要となります」

王立魔術師団員の多くが成人しており、エリートと呼ぶにふさわしい者たちだ。中には魔術師至上主義者もいるそうなので、未成年が宮廷魔術師候補に挙がるとなると波紋を呼びそうだ。

しかし、デニスの言っていることは理解できるが、そんな功績となるようなことがそう都合よく転がっているとは思えない。

「そこで、王宮から課題が与えられます」

「課題ですか?」

「現宮廷魔術師は先の戦争や小競りあいで大きく戦果をあげた方が多いのですが、現在は小競り合いはあっても小規模です。民にとっては争いなどないのが一番なので、これについては文句を言うつもりはありません」

「同感です」

ジャレッドも宮廷魔術師になりたいがために戦争を望んだりはしない。争いが起きれば傷つく人がいるのだから。

「ですが、国が抱えている問題は多数あり、魔術師でなければ解決できない問題もあります」

「それを俺たち候補者が解決することで功績として宮廷魔術師に、ということですか？」

「その通りです。詳細はまだ言えませんが、荒事であり生命を落とす可能性があることを覚悟しておいてください」

「魔術師である以上、死と隣り合わせであることは覚悟しています。問題ありません」

「感謝します。では、私は魔術師協会と王宮にマーフィーさまの決意をお伝えしたいと思います。きっとどちらも喜ばれますよ、宮廷魔術師候補が選ばれるだけで三年ぶりですから！　私自身、マーフィーさまの担当になることができて心が躍っています！」

三十代の男性が子供のように嬉しそうに破顔しているのを見て、つられて笑ってしまった。

宮廷魔術師の価値が単に魔術師として最高峰であるというだけではないことが、そのデニスの反応からもわかる。

国の戦力であり、防衛力であり、なによりも魔術師にとっての目標であり、民の希望なのだ。

かつて母が立っていた魔術師の頂に自分が届くことができるのか、不安ではあるがそれ以上にわくわくしてしまう。

好奇心と探究心、そして挑戦したいという衝動が抑えられない自分のことを心底魔術師なのだと自覚する。

「次にお会いするのは課題をお伝えするときになると思います。それまでは今までどおりに魔術師協会からの依頼を受けてもらう形になりますが、よろしいでしょうか?」

「もちろんです。授業を免除してもらっているだけでもありがたいのに、報酬(ほうしゅう)までもらえるので断る理由なんてありませんよ」

「感謝します。依頼に関しては学園を通さないといけませんので、教師からお聞きください。近日中に依頼があると思いますのでお願いします」

「わかりました。お待ちしています」

それでは、とデニスが立ち上がる。

「まだ私にもどんな課題がでるのかはっきりとはわかりませんが、マーフィーさまなら見事、宮廷魔術師になれると信じています」

「プレッシャーかけないでくださいよ。結構不安なもので」

「ははは、すみません。魔術師協会の職員としてだけでなく、個人的にも応援していますのでがんばってくださいね」

「ありがとうございます」

差し出された手を握り返し、力強く握手を交わす。

ジャレッドはデニスを学園の外まで見送ろうとしたが、その申し出を断られ、彼とは応接室で別れた。

職員室に戻り先ほど声をかけた教師を見つけて面会が終わったことを告げ、書類と格闘していたキルシに挨拶をして職員室をあとにする。

すでに授業が始まっているため廊下に人気はない。授業を受ける義務はないが教室に行けばクリスタに会えるので向かおうとした、そのときだった。

「──誰だ？」

視線を感じて背後に声を飛ばす。同時に、体内で魔力を練っていつでも魔術を発動できるようにした。

校舎内での魔術使用は禁止だが、視線にわずかな敵意を感じたため構うものかと戦闘態勢をとる。

「もう一度聞くぞ、誰だ？」

低く唸るような声で威嚇を兼ねた問いかけをすると、敵意が消えた。そして、廊下の陰からメイドが現れた。

「メイド？」

これにはジャレッドも驚いた。

学園ではメイドを雇っていない。食堂や売店でもそうした人間は働いておらず、貴族の子女がメイドはもちろん身の回りの世話をする人間を連れてくることは禁止されている。

学園内でメイドを見たことはあまりなく、あっても忘れ物を届けにきたような場面にたまただ。

　メイドだからといって警戒を解くようなことはしない。メイドの扮装をした戦闘者である可能性もある。最近のメイドは家事だけではなく武芸にも秀でていると聞いているのでなおさらだ。

　一瞬でも敵意を感じた以上、彼女の目的がわかるまでは安心できないのだ。

「ご無礼をお許しください。わたしはトレーネ・グレスラーと申します。アルウェイ公爵家に仕えるメイドです」

「あっ、嫌な予感がする」

　トレーネと名乗ったメイドは二十歳ほどの美女だった。無表情にこちらに瞳を向けてくる彼女は、伸ばした水色の髪をポニーテールにしている。一般的なメイド服に身を包んでいて身長こそ平均的だが、たわわに育った胸部が存在を主張しており、ついそちらに目が向いてしまう。

「この度は宮廷魔術師候補に選ばれましたこと、心よりお祝い申し上げます。まさか昨日の今日で宮廷魔術師への道をお進みになられるとは、オリヴィエ様も予想しておられず大変驚いていらっしゃいました。さすが大地属性魔術師ジャレッド・マーフィー様ですね」

「真面目な話、どこからどんな経緯で情報が伝わっているのか教えてほしいんだけど？」

「公爵家の情報網は凄いのです、ということでご納得ください」

「あ、やっぱり教えてくれないんだ」

教えてもらえるとは微塵も思っていないが、はっきり言って情報を手に入れる速さに驚きを禁じえない。

少なくとも自分に監視がいないことは把握しているが、世の中には諜報に特化した人間がいるので、断言はできない。公爵家の力をもってすれば学園に息のかかった者を送ることなど容易いだろう。

「やばい、ちょっと人間不信になりそう」

「どうかしましたか？」

とくに表情を変えることなく尋ねてくるトレーネになんでもないと返す。

「それで、アルウェイ公爵のメイドさんがなにか用ですか？」

「はい。ですが、その前に誤解を与えてしまったので訂正をさせてください。わたしはアルウェイ公爵家のメイドですが、オリヴィエ・アルウェイ様の専属メイドです。アルウェイ公爵にお仕えしているわけではありません」

「それって大事なこと？」

「わたしにとっては生命よりも」

「わかった。あなたはオリヴィエさまの専属メイドね、覚えたよ。それで、俺に用事があってきたんだろ？　早くしてほしい。教室に行きたいんだ」

魔術師協会職員のデニスと面談を終えたタイミングで現れたトレーネから逃げようとするが、彼女はやはり表情を変えることなく首を横に振った。

「残念ですが、教室には行けません。ジャレッド様をオリヴィエ様がお呼びになっています。宮廷魔術師候補になられたことのお祝いをお伝えしたいそうです」

「気持ちだけ受け取っておきます」

「なりません」

「では、後日に……」

「駄目です」

彼女の中で、ジャレッドがオリヴィエと会うことは決定事項のようで決して逃がしてくれそうにない。

公爵家のメイドが男爵家の息子を迎えにきている以上、どうあがいても逃れられないと諦め、両手をあげて降参した。

「わかりました。オリヴィエさまに会います」

「ありがとうございます。それではさっそく参りましょう」

「どこに?」

「もちろん――オリヴィエ様と奥様がお住いになっているお屋敷です」

「だよね。ああ、嫌な予感は的中だ」

これからオリヴィエに会うのだと思うと胃がキリキリと痛んできた。

オリヴィエに纏わる噂のほとんどが根も葉もないことだとわかっていても、気の強さを見せつけられ無理難題を言われたことから苦手意識を抱いてしまっていた。

会いたくないわけではないが、昨日婚約者となったオリヴィエと会ってどうすればいいのかわからない。

ちゃんと笑顔を浮かべることができるだろうかと不安になり頬を揉む。相手に失礼があってはいけないのだ。

「なにをしているのですか？　さあ、馬車を用意してあります。どうぞ、こちらへ」

そう言って校舎の外へ向かっていくトレーネのあとを追いかけながら、ジャレッドはきっと今日はもう会えないクリスタにごめん、と内心で謝るのだった。

◆

学園から馬車に揺られて十五分ほどが経ち、王都の中心部に位置する住宅街に着いた。

「こちらがオリヴィエ様と奥様が暮らしています、アルウェイ公爵家の別宅です。さあ、どうぞ、こちらです」

少し馬車酔いしたジャレッドがトレーネに言われるままついていく。

公爵家が別宅を持つことは珍しくないが、はっきり言って男爵家の実家よりも小さい。門番すらいない門をくぐると、よく手入れされた庭園があった。四の月特有の季節の花々が咲き乱れていて、鼻孔（びこう）を甘い匂（にお）いがくすぐる。庭もそうだが、屋敷もこぢんまりとした二階建てだ。公爵家の別邸という割には豪華（ごうか）さのない質素な建物だ。これでは商家の屋敷のほうがよほど規模が大きくて派手（はで）だ。

先行するトレーネが玄関の扉を開き、ジャレッドを招き入れた。

「あらあら、お客さまかしら？」

すると、そこには波打つブロンドの髪をバレッタでまとめた三十代半ばに見える女性が花束を抱えて微笑んでいた。

「ハ、ハンネローネ様っ！」

「――え？」

トレーネが女性の名を呼び、慌てて駆け寄ると花束をひったくるようにして奪う。

「お花でしたら、わたしがやりますといつも言っているではありませんか！」

「だってトレーネちゃんは忙しそうですし、わたくしだってお花の世話をしたいわ。庭園だってあまり触らせてもらえないから、おばさん暇（ひま）なのよ」

「でしたらお茶を用意しますので、お部屋でごゆっくりなさってください！」

「もう、いじわるねぇ」

無表情なのは変わらないが、トレーネの頬がわずかに引き攣っているのをジャレッドは見逃さなかった。だが、彼も同じように頬を引き攣らせている。

なぜなら――ハンネローネ・アルウェイはアルウェイ公爵の正室の名だ。つまり、オリヴィエの母親なのだ。

外見こそ三十代半ばに見える美しい女性だが、二十六歳の子供を産んでいるのだ、おそらく外見よりももう十歳ほど上のはずだ。

トレーネに対するのほほんとした態度といい、成人している娘がいるとは思えない。よく言えばかわいらしい、悪く言えば子供っぽい女性である。

「トレーネちゃん、そちらの方を紹介してくださらないかしら？　その青い制服は王立学園の生徒さんだと思うのだけど」

「この方はジャレッド・マーフィー様です。オリヴィエ様のご婚約者様ですよ」

「お初にお目にかかります。ジャレッド・マーフィーと申します」

場所が場所であるため膝(ひざ)をつくことはできなかったが、失礼のないように深々と頭(こうべ)を垂(た)れる。

「お顔をお上げになって。オリヴィエちゃんの婚約者ならわたくしの息子になるのよね。実の母だと思って楽に接してほしいわ」

「ですが……えっと、はい。ありがとうございます」

「旦那(だんな)さまにオリヴィエちゃんのお婿(むこ)さんを探してほしいとお願いしていたのだけど、ようや

く見つけてくださったのね。いつまでも結婚しないからずっと心配だったのよ。でも、あなたのような魔術師さんがお婿さんになってくれるなんて嬉しいわ。さっそくお礼のお手紙を書かなくちゃ」

嬉しそうに微笑むと、ジャレッドたちに手を振って階段を上がっていってしまう。

対応に困っていたジャレッドだったが、ふとハンネローネが自分のことを魔術師だと言ったのを思いだす。

「あの方は、俺が魔術師だと知っていたのに、オリヴィエさまの婚約者候補であることは知らなかったの？」

「いいえ、それは誤解です。ハンネローネ様はジャレッド様に関する情報はなにも知りません」

「いや、だって今、俺のこと魔術師だと」

「ですが、お名前は知りませんでしたよね。ハンネローネ様は魔力を見ることができるのです」

「――っ。それってかなり凄いことなんだけど？」

もちろんです、とトレーネは自慢するように力強く頷く。

「ハンネローネ様は相手の魔力を見ることができるだけではなく、その魔力の質まではっきりとわかるそうです。わたしにはどのように見えているのか理解できませんが、ハンネローネ様が才能を見抜いた魔術師は何人もいます。おそらく、ジャレッド様の魔力と素質を見抜いたのでしょう。その上で、オリヴィエ様の婚約者としてふさわしいと安心なされたのだと思います」

「ハンネローネさまは、今までにもオリヴィエさまに婚約者がいたことは知らないみたいだね」

「……オリヴィエ様に今まで婚約者がいたことはありません。あくまでも婚約者候補ですので、ハンネローネ様にお知らせすることも、紹介する必要もありませんでした」

「俺もその婚約者候補なんですけど？」

「そのことに関しましては、オリヴィエ様から直接お聞きください。では、ご案内します」

トレーネが言葉を止めて足を進める。欲しい情報が手に入れることができずにもやもやするが、オリヴィエに会えば彼女が教えてくれるはずだ。ジャレッドもトレーネに続いた。

失礼を承知で屋敷の中を見渡すと、飾り物は最低限だが決して粗末な感じはしない。高級な物が少数飾られている屋敷にはむしろ上品な印象を受ける。

「こちらでオリヴィエ様がお待ちです」

ある部屋の前で足を止めると、ジャレッドに目配せしてからトレーネがノックする。

廊下にもよく通る声で返事が聞こえた。

「わたしはお茶をご用意しますので、ジャレッド様おひとりでお入りください」

「あ、ああ、わかった。ありがとう」

ひとりで部屋の中に入ることに不安はあったが、どのみち無表情の彼女が味方をしてくれるとも思えない。

トレーネに礼を言い、ジャレッドはオリヴィエの待つ部屋に入った。

「ジャレッド・マーフィーです。お招きどうもありがとうございます」

「お久しぶり——ではないですけど、ようこそ。お待ちしていましたわ。さ、座って」

部屋は応接室ではなく、オリヴィエ本人の部屋だった。

女性の部屋を観察するのはよくないと承知しながら、つい見渡してしまう。天蓋(てんがい)つきのベッドに、鏡台、タンス、ソファとテーブルが几帳面(きちょうめん)に並んでいる。

言われるままオリヴィエと対面する形で、テーブルを挟(はさ)んでソファに腰を下ろす。

「この度は、宮廷魔術師候補に選ばれたことおめでとうございます」

「ありがとうございます。あの、お聞きしてもいいですか？」

「あら、なにかしら？」

「俺が宮廷魔術師候補の話を知ったのは昨日で、正式に受けたのも今日です。ですが、あなたは知っていた。その理由は？」

実のところ、自分の情報が筒抜けであることは構わない。どれもいずれはわかることばかりなのだから。肝心(かんじん)なことはしっかりと隠れているため、オリヴィエに問うのも好奇心からだ。

「秘密よ。でも、それだとかわいそうだから、そうね……公爵家の力、と言えば納得してくれるかしら？」

「納得するしかありませんね」

「なら結構よ」

ころころと楽しそうに表情を変えるオリヴィエは初対面の昨日とはだいぶ印象が違う。あのときは、値踏みするような視線もあって居心地が悪かったが、今はそうでもない。

苦手意識があるため緊張こそしているが、オリヴィエから伝わる空気に張り詰めたものがないのだ。昨日のオリヴィエは不満と苛立ちを抱えているようだったが、今の彼女からはそれを感じない。

ジャレッドは少しだけ肩の力を抜いた。

「わたくしは驚いているのよ。自分でも宮廷魔術師にたった二年でなれなんて随分無茶を言ったと自覚はしていたけれど、まさか昨日の今日で足がかりどころか宮廷魔術師候補になるなんて——とても悔しいわ」

「悔しいって……やっぱり嫌がらせだったんですか?」

「当たり前じゃない！　お父様からいきなり婚約者を選んだと言われて調べたら十歳も年下の童貞坊やなのよ！　少しぐらい嫌がらせしたってバチは当たらないでしょ！」

さりげなく童貞などと貴族の令嬢らしからぬ単語がでてきたが、聞かなかったことにする。一緒に、苛立ちも胸の奥へと隠した。

噂ほどではないが、なかなかいい性格をしているのだと理解した。

「もっとも、あなただって行き遅れの女を押しつけられたのだから困ったものよね。ダウム男爵とお父様は随分と親しいみたいだけど、さすがに婚約話を断れなかったようね。あなたも貧乏くじを引かされてしまったわね」

「俺も当日に聞かされたので随分と驚きました。ご存知かもしれませんが、自由気ままに大陸を旅しようと思っていましたので、少々予定が狂ったのは事実です。しかし、宮廷魔術師候補の話があったのは嬉しいことでした」

「あなたの魔術師としての実績もすべて調べたわ。なんというか、驚きの一言ね。騎士団を派遣しなければならない魔獣を単身で撃破してしまうなんて、王立魔術師団の一員でも無理でしょうね。わたくしは魔力のかけらもないのでわからないけれど、あなたは魔術師の中でも特殊な力を持っているとも聞いているわ。確か、大地属性だったわね」

「はい。地属性、火属性、水属性の複合属性を大地属性と言います。詳しく説明しますと――」

「あ、詳細はいいの。別に聞いてもわからないから」

この野郎、と口から言葉が飛びださなかった自分自身を内心、褒めちぎる。

てっきり興味を持っているのだと思って説明しようとすればまったく聞く気がない。せめて興味がなくても、少しぐらい話を合わせて聞いてくれてもいいんじゃないかと思ってしまう。

「色々とあなたとは話をしたいことはあるのだけど、もっとも大事なことだけ今この場で返事を聞かせてほしいの。構わないかしら？」

「構いませんよ、どうぞ」

「じゃあ遠慮なく。ジャレッド・マーフィー、あなたはわたくしオリヴィエ・アルウェイと本当に結婚する気があるのかしら?」

「あなたこそ、俺と結婚するつもりがあるんですか?」

「質問に質問で返すのは感心しないわね。でも、その勇気に免じて答えてあげる」

花が咲くような笑顔を浮かべてオリヴィエは断言した。

「——結婚するつもりなんてないわ」

「どうして、と尋ねるべきなんでしょうか?」

「ええ、そうね。尋ねるべきね。そして、理由なんて簡単よ。わたくしは男が嫌いなの。もちろん女性が好きというわけじゃないわよ」

笑顔のまま楽しく歌うようにオリヴィエは続ける。

「わたくしは人間が嫌いなの。心を許しているのはお母さまとトレーネだけよ」

「お父上が含まれていませんね、アルウェイ公爵はあなたのことを大事に思っていると感じましたよ」

「大事に思っているのは本当でしょうね。だから感謝はしているわ。でも、好きか嫌いか問われたら、嫌いよ。だって、わたくしが男を嫌いになったのは父のせいなのだから」

なぜ、という疑問を発するよりも早く、オリヴィエの笑顔が一転する。

「わたくしも公爵家の娘なのだから、父が世継ぎのためにお母さま以外の女を妻に迎えるのは理解できるわ。だけど、そのせいでお母さまがどれほど辛(つら)い目に遭ったのか父はわかっていないのよ。優しく思いやりがあって、芯が強かったお母さまが正室なのに男児を産めなかったというだけで、たくさん辛く悲しい思いをしたのは父のせいよ」

オリヴィエの瞳にはぞっとするほどの怒りが宿っていた。

「父は気づいてくれなかった。どれだけ助けを求めても、なにごともなかったように強がっているお母さまを見て、わたくしの言葉を子供の戯言程度にしか思わなかった」

「それは――」

「無理して言葉を探さなくてもいいのよ。正室と側室の争いや、家臣や部下たちが力を持つ側室に従うことは貴族では珍しくないのだから。それでも、父はお母さまを気にかけるべきだった。愛していると言いながら、お母さまを辛い目に遭わせた父をわたくしは許せない。だから男なんて嫌いよ。女だって嫌いだわ」

ジャレッドにはオリヴィエの母を思う気持ちがわからない。産んでくれた母は幼少期に亡くなり、わずかな記憶しかない。祖父母に愛されたが、母とはまた違う。

ただ、オリヴィエがハンネローネを心から愛していることだけはわかった。そして、母をしっかり見ていなかった父を嫌っていることも。

「昨日、側室を迎えるならわたくしが認めなければ駄目だと言ったのを覚えているかしら？」

「もちろんです」

「今話したことが理由よ。あんな思いはもうしたくないの。結婚するつもりなんてないけれど、父が強引にことを進めればわたくしはきっと逆らえない。だから、父への嫌味を込めてああ言ったのよ」

「教えてください、ならばどうしてオリヴィエさまは俺を屋敷に呼んだのですか？　結婚するつもりがないなら放っておけばよかったのに。ハンネローネ様が俺を見て喜んでしまいました。あとで悲しまれると思うと……」

「ありがとう。お母さまを気遣ってくれるのね。でも、あなたを呼んだのもお母さまのためなの。わたくしの知らないところで、お母さまは父に手紙を送っていたそうよ。なんでもわたくしが結婚しないことが心配でしかたがないみたい。だから、あなたと会わせたの。母は喜んでいる以上に安心していなかったかしら？」

　そう尋ねられて思いだしたハンネローネの顔には、確かに喜び以上に安堵の色が浮かんでいた。行き遅れ扱いされる娘がようやく婚約者を家に招いたのだ。母親としてほっとしたはずだ。

「あなたはわたくしが嫌がらせで出した無茶をなんとかしようとしている。もちろんわたくしのためではないことは承知しているけれど、あなたの努力を認めて婚約者候補から正式に婚約者にしてあげるわ」

「あの、結婚するつもりがないのに俺を婚約者として認めたら、それはそれで問題じゃないですか？」

「あら、わたくしの婚約者になることが不満なのかしら？」

「不満と言いますか、周囲の目が……」

「──悪い噂のせいね。ご愁傷さま。でも、その噂だってわたくしが自分で流したわけじゃないから謝らないわよ。元婚約者候補たちがわたくしに嫌がらせされた腹いせに悪い噂を流しているのだから、わたくしは悪くないわ」

「嫌がらせだって自覚してるならオリヴィエさまにも原因がありますよねっ？」

「ないわよ！」

あくまでも自分は悪くないと言い切るオリヴィエに、性格が悪いところだけは噂通りですね、と言いたくなった。

周囲の目が気になるのは悪い噂を気にしてではない。自分たちが婚約者として周りに認識されてしまってもいいのかを尋ねたかったのだが、うまく伝わらなかったようだ。

どうすることが最善なのかとジャレッドは迷う。

オリヴィエは結婚するつもりがないことを断言した。自分とだけではなく、誰とも結婚しないと言い切った彼女の意志は固い。

母が結婚のせいで辛い思いをしたことが原因なので、第三者である自分にはなにも言えない。

しかし、他にもなにか理由がある気がしてならない。

オリヴィエはもっと違うなにかを隠していて、そのことを伝える気はないようだと、ジャレッドは薄々感じていた。

「そうそう、正式に婚約者として認めた以上、約束通りこの屋敷で生活してもらうわよ？」

「本気で言ってますか？」

「本気よ。だって、父やあなたのお祖父さまの前であれだけはっきり言ったのに有言実行しないなんて悔しいじゃない。わたくしのプライドに関わるわ」

「そんなプライド捨ててくださいよ！」

「嫌よ！」

断固として意見を曲げる気がないオリヴィエに、苛立ちを覚えるが我慢して大きく息を吐きだすことで堪える。

どちらにせよ、アルウェイ公爵と祖父母に、オリヴィエに婚約者として認められたと伝われば、自然と約束通りにジャレッドはこの屋敷に送られるだろう。

一方的な条件であったが、反論しなかったのも事実なのだ。

なによりも祖父は約束を違えることは絶対にしない。祖母も急すぎる展開を同情してくれるかもしれないが、やはり送りだそうとするに違いない。

結局、ジャレッドに選択肢などないのだ。

「わかりました。わかりましたよ！　じゃあ、後日荷物をまとめてきますから、ちゃんと部屋の準備をしておいてくださいね！」

「あら、驚いた。本当に一緒に住むの？」

「――このっ」

「この？　なにかしら、文句があるならはっきり言いなさいよ。あら、まさか公爵家の令嬢だという理由だけで遠慮しているのかしら？」

「別にっ、文句なんて、ありませんよ」

「本当にないの？　さっきから拳を握っているけれど、まさか苛立ちを我慢しているとか言わないわよね？　文句があるならぜひ聞かせてほしいわ。わたくしだって無茶を言っている自覚はあるから少しくらいなら好きに言っていいわよ」

と、言われて素直に文句を言うほどジャレッドは馬鹿ではない。

告げ口をするような性格ではないことくらい少し話せばわかるが、万が一ということもある。あとあと祖父に迷惑がかかることは絶対にごめんなのだ。

「魔獣を相手にしても一歩も引かない宮廷魔術師候補さまが、わたくしのような害のないかわいらしい女の子になにを怖がっているのかしら？」

しかし、誰にでも限界というものがある。

怒りではない、だが、つい――口が滑った。

「えっ……女の、子？」

慌てて口を両手で塞ぐが遅かった。

「……やるわね、ジャレッド・マーフィー。まさかわたくしに対する不満や文句を口にするのではなく、女の子という単語に疑問の声を発するとはまったく予想していなかったわ」

しまった、と大失言をしたことに気づくが手遅れだ。

笑顔こそ浮かべているが、オリヴィエの声は怒りで震えている。

「いいわ、いいわよ。そのくらい言ってくれなければわたくしとしても張りあいがないというものよ。まあ、確かに女の子と呼ぶには少々歳を重ねていることは認めましょう。でもね、女性はいつだって心も体も若いままでありたいのよ！」

「そんなこと知るか！」

もう身分など知ったことではないと言わんばかりに、ジャレッドも負けじと声を張りあげる。

「童貞坊やには女性と接する機会がないからわからないかもしれないけど、女性は硝子細工のように繊細なの。取り扱いに注意しなければ、大怪我するわよ？」

「童貞って言うなよ、貴族の令嬢らしく慎みを持てよ！」

「あら、あなたは慎ましやかな女性が好きなのかしら。でも、女なんて誰も彼も中身はどす黒く計算高いのよ。慎ましい理想の女なんて現実にいないわ、残念でしたね！」

嫌な女だ、と心底思った。

別に慎ましい女性が好みだとは言っていないが、理想の相手ではある。なのに、同じ女性であるオリヴィエから慎ましい女性などいないと言われ、少なからずショックを覚えた。

まだ十六歳のジャレッドは女性とつきあった経験がなく、恋をしたこともない。だからこそ、幻想とまではいかなくても、憧れのようなものを女性に対して抱いていた。少年のそんな憧れなど幻想にすぎないと断言されたのだから、ジャレッドのショックは計り知れない。

むしろ、自分の心が硝子細工のようだったと自覚することになってしまった。

「どうせわたくしのことも、噂とは違ったいいところがあると少しくらいは夢見ていたのでしょうけど、どうせ行き遅れで性格も口も悪い嫌な女よ。だいたい返事こそ聞けなかったけど、あなただってわたくしと結婚するつもりなんてなかったでしょう？　どうやって断ろうか悩んでいたはずよ！」

「いや、あの、結婚するつもりはありましたよ」

感情的になったオリヴィエをなだめようとしたが、

「嘘つきっ！」

かえって逆効果となってしまった。

ソファから身を乗り出したオリヴィエが大きく手を振りかぶり、音を立ててジャレッドの頬を引っ叩いた。

「正直、突然すぎる婚約話だったですし、オリヴィエさまの無理難題には困りましたけど、不思議と結婚そのものが嫌だったわけじゃないんです」

甘んじて受けたオリヴィエの平手は予想以上に力が込められていた。

痛む頬に手を当てながら、ジャレッドは本心を明かした。困惑は大きく、悩みもしたが、結婚するのは嫌だと思ったことはない。

「信じられないわ」

「正直に言ってしまいますと、俺自身が結婚なんて無理だって思っていたので、別にオリヴィエさまが理由じゃないんですよ。色々調べているみたいだから知っているんでしょうけど、俺は父親から疎まれていますし、母親も他界しています。家族というものがあまりわからないんです。だからいい夫になれるか不安です。でも、色々と悩んでいたことが今日この屋敷を訪れたおかげでなくなりました」

頬をさすりながら、ジャレッドは怒りのせいで涙ぐむオリヴィエに微笑む。

「ハンネローネさまを思うオリヴィエさまの優しさを知って、もしかすると優しい人なんじゃないかと思ったんです。言いたいことをはっきりと言う口の悪さには正直苛立ちもしましたけど、それ以上に感情に素直でおもしろい人だなって感じたんです。オリヴィエさまは結婚するつもりがないみたいですけど、案外うまくやっていけるんじゃないかなって思ったんですよ」

「わたくしは、結婚するつもりがないとはっきりと言ったはずよ」

「うん、聞きましたよ。俺も、あくまでも、結婚するつもりがあったのかと聞かれたから、あったと答えただけです」

気持ちをはっきり言葉にしたことですっきりした。

最初こそ、悪い噂しかないオリヴィエとの結婚は勘弁してほしいと思った。だが、祖父母に噂を信じるなと言われ、よく考えてみることにした。学園で生徒たちから心ない陰口を言われていることを知ったときには、自分のことよりもオリヴィエに対しての言葉に怒りが湧いた。そして、トレーネに屋敷に連れていかれ、ハンネローネと出会い、オリヴィエの新たな一面を知ったことで気持ちが落ち着いたのだ。

未だ婚約したことに戸惑っている。昨日、突然聞かされたばかりなのだから、気持ちを整理している暇もない。それでも、嫌じゃないと断言できる。

出会ったばかりで愛情を抱いているとは決して言えないが、このまま婚約話が進んでもうまくやっていけるんじゃないかという根拠のない自信を抱いてしまった。

おそらく、オリヴィエの言葉と態度があまりにも遠慮のないものだったからだろう。

変に取り繕われていたらきっと違ったはずだ。今ごろ、話を断って屋敷から帰っていた可能性だってある。

「あなたって変な人ね。今まで父に言われて何人も男性と会ったことがあるけど、その誰とも違うわ」

「それっていい意味で言ってますか？」

「さあ、どうかしらね？」

楽しそうに笑いだしたオリヴィエを見てジャレッドは安堵する。

急に感情的になったオリヴィエが落ち着きを取り戻してくれてよかったと思う。彼女の涙を目にしたときは表にこそださなかったが、心底驚いたのだ。

噂通りではなくても、口が悪く、性格も強い彼女が突然涙を浮かべれば当然慌ててしまう。

いつだって男は女の涙に弱いのだから。

「あらあら、話が無事にまとまったようでなによりね」

オリヴィエが笑みを浮かべたことでジャレッドも釣られて笑ったそのとき、扉を静かに開けてハンネローネが入ってきた。

「お母さまっ!?」

不意な母の登場に、オリヴィエが唖然として立ち上がる。

「ど、どうして?」

「まったく、あなたは素直じゃないから心配しましたよ。ジャレッドさんはあなたと結婚する気があるのですから、素直にお受けすればいいじゃないの」

「ま、まさか、話を盗み聞きしていたのですか?」

「あら、人聞きの悪いことを言わないで。改めてジャレッドさんにご挨拶しようと思ったら二人が楽しそうにお話をしていたから廊下で待っていたのよ。そうしたら声が聞こえてしまっただけよ」

世間(せけん)ではそれを盗み聞きという。

　しかし、ジャレッドは違う意味で驚いていた。いくら祖父母と交友があるアルウェイ公爵の別宅とはいえ、一度も足を踏み入れたことのない場所にきたのだから一定以上の警戒心は抱いていた。だが、扉の前で盗み聞きしていたハンネローネの気配にまったく気がつくことができなかったのだ。

　オリヴィエに気を取られすぎていたせいかとも思ったが、トレーネの気配は感じることができていた。彼女はハンネローネが登場する直前に部屋の前に現れ、姿は見せていないが今も廊下に控えているのがはっきりわかる。

　ハンネローネは魔力が見えるらしいが、決してそれだけではないとジャレッドは思った。

　オリヴィエが母とトレーネと三人で別宅に暮らしている理由は、ただ側室たちとうまくいかないためばかりではないのかもしれない。

　アルウェイ公爵が正妻を別宅に住まわせている時点でなにか裏があるように思えてならない。

　もしかしたら、自分にもその理由がわかるときがくるかもしれないが、母と楽しそうに言いあうオリヴィエを見て、今はただなにも気づかないふりをした。

「さあ、せっかくですからお茶にしましょう。オリヴィエちゃんが婚約者と認めたジャレッドさんに、この子のおもしろいお話をたくさんしてあげますわ」

「やめてください！」

「トレーネ、アルバムを用意してね」

「かしこまりました」

「ちょっと、トレーネっ?」

裏切り者とばかりに慌てるオリヴィエの姿にジャレッドは自然と笑みがこぼれた。

「ジャレッド・マーフィー! なにを笑っているのよ、あなたのせいなのよ!」

「俺は関係ないでしょう!」

「そもそも、先ほどから馴れ馴れしく話しているけど、最初のようにおどおどした小動物のような態度に戻しなさい! わたくしは年上よ!」

「十も離れているのに、年上を強調しなくてもねぇ。わがままな子ですけど、どうぞ見放さないでくださいね」

「だからお母さまは黙っていてください!」

楽しそうに微笑む母に押され気味のオリヴィエ。一見するとのほほんとしているハンネローネだが、想像以上にしっかりしているのかもしれない。

「お待たせしました。オリヴィエ様の幼少期の写真を一通り持ってきました」

トレーネの腕には分厚いアルバムが五冊も抱えられている。すると、一番上にあったアルバムがバランスを崩して床に落ちた。

「——ぎゃぁあああああああ!」

オリヴィエが貴族の令嬢らしからぬ悲鳴をあげた。

なぜなら、ジャレッドの目の前にアルバムが落ち、偶然にもあるページが開いてしまったからだ。そこには幼いオリヴィエと思われる少女が裸で泣いている写真がはっきりと見えた。

「あらあら、そんな魔獣の雄叫びみたいな悲鳴をあげて、はしたないですよ」

「お母さまとトレーネのせいです！　ああっ、もうお嫁にいけない」

結婚する気がないと断言したくせによく言う、と思ったが声にするほど愚かな真似はしない。

「いいじゃないの。婚約者なのだから、どうせ写真ではなく本物を隅々まで見られることになるのよ。ねえ？」

「いや、ねえ、と言われましても……」

矛先が変わり、ジャレッドは返答に窮する。どう返事をしろと言うのだ。

「この子はね、男が嫌いだと言いながら毎晩恋愛小説を欠かさず読んでいるのよ」

「本人は本棚にうまく隠していると思われているようですが、バレバレです。しかも、ちょっとえっちなものばかりです」

「ど、どうして知ってるのよぉ……」

「母は娘のことならなんでも知っているのよ」

「メイドはなんでも存じています」

「理由になってないわ！」

女性陣の会話に入るというような無謀なことをせず、戦闘時ではないにもかかわらず息を殺していたジャレッドにハンネローネが問う。

「ところで、ジャレッドさんはいつからわたくしたちと一緒に住むのかしら？」

「えっと、祖父に相談してみませんとわかりません。アルウェイ公爵にもお伝えしなければならないと思いますので、まだ先かと」

「旦那さまにはわたくしから伝えておきます。ダウム男爵の許可を得たらすぐにいらしてくださいね。家族三人では少し寂しいのですよ。ですが、これで孫も増えますね」

「孫っ!?　お、お母さま、話が早すぎます……」

「オリヴィエ様とハンネローネ様に似たかわいらしい女の子がいいですね」

「トレーネっ！　あなたまで──わたくしには味方がいないの!?」

「わたくし、たくさんの孫に囲まれた老後を過ごすのが夢だったのです。期待していますよ、ジャレッドさん」

「ご、ご期待に──」

「応えなくていいわ！」

　ぐいぐい答えづらい話題を振ってくるハンネローネに引き攣った愛想笑いを浮かべるジャレッドを、羞恥で顔を真っ赤に染めたオリヴィエが涙目で睨むのだった。

2章　婚約者は大変

「これで二度も失敗しているのよっ！　お前たちにいったいいくら支払ったと思っているのっ！」

　甲高くヒステリックな声を荒らげて、女性がティーカップを少年に投げつけた。

　至近距離から放たれたティーカップは少年の額に直撃して割れた。少年は額から血を流しているが、気にした様子も見せず平然としていた。

　女性はそんな少年に気味悪さを覚え、冷静さを取り戻す。

「三度目の失敗は許されないわよ」

　乱れた呼吸と髪を整えながら、女性は静かに言い放った。四十を超えたくらいの女性は、金を使って磨き上げた美貌を歪めたままだった。容姿こそ、美しさを保ったまま歳を重ねた感じだが、内面の醜悪さが滲みでているようにも見える。

「承知しています」

「今度もまたしくじったら依頼を取り消して、別の人間を雇うわ」

「お言葉ですが、我らの組織ほど優れた暗殺者は大陸にいません」

「ならばなぜ二度も失敗するのよ！」

再び声を荒らげる女性に、少年は静かに言葉を放つ。

「前任者の失態は言い訳できません。ですが、私が任務に当たる以上、標的は必ず射殺します」

「二言はないわね」

「――我らヴァールトイフェルの名にかけて」

くすんだ薄い青髪の間から、鋭い瞳が覗く。

女性は今更ながら、年齢的には自分の娘と変わらない目の前の少年が暗殺組織の精鋭なのだと思いだす。

信じがたいが、今はそのことを追及している場合ではない。

「いいわ。私は、あの忌々しい邪魔な女さえ消してくれれば誰であっても構わない。だけど、証拠だけは残さないでほしいのよ。旦那様にバレてしまえば、すべて水の泡になってしまうわ」

「もちろんです。我ら暗殺者は証拠を残すような真似はしません」

「ふんっ。ならいいのだけどね。仮に失敗しても私につながるような証拠だけは残さないでちょうだいね！」

深々と頭を下げて返事をする少年に満足した女性は、標的の新情報を思いだした。

「そういえば、あの女の近くに魔術師がいるわ」

「魔術師、ですか。身元は御存知でしょうか？」

「確か……十六歳の魔術師と聞いているわ。なんでもその歳で随分（ずいぶん）と優秀みたいよ？　メイドひとりに後（おく）れを取った前任者とあなたを同じだと決めつけたくはないけど、魔術師相手にそんなもので太刀打（たちう）ちできるのかしら？」

　女性の視線の先には、少年の傍（かたわ）らに置かれている弓と矢がある。

　暗殺組織ヴァールトイフェルは武器の使い手を育成し、どんな相手でも必ず仕留（しと）める集団として名高い。実働部隊の精鋭たちに共通しているのはそれぞれが特化した武器の使い手であることだ。魔力を持とうが、魔術に頼るのではなく、武器をもって相手を殺すことを信条としているらしく、青髪の少年は弓矢の使い手だった。

　だが、弓矢で魔術師に勝てるとは誰も思わない。

　前任の暗殺者は剣の使い手だったが、魔術を使うメイドに返り討（う）ちに遭（あ）っているのだ。女性が心配になるのも無理はない。

「ご心配なく。我らヴァールトイフェルはたとえ相手が魔術師であろうと倒してみせます」

「その言葉を素直に信用できればどれだけいいかしら」

　前任者が失敗している以上、少年の言葉をいまいち信頼できない。所詮（しょせん）はただの暗殺者、殺しを生業（なりわい）とする者などたかが知れている。つまり殺すことしかできない荒くれ者だ。その程度にしか女性は思っていなかった。

殺すだけならおそらく子飼いの騎士や魔術師を使ったほうが早いと思っている。だが、それでは足がつく恐れがあるため使えない。そんなジレンマに苛立ちを抑えられない。

彼女は内心、暗殺が成功したら用済みの少年はこのことを他言したりしないようにいずれ殺すつもりだった。

「まあ、いいわ。成功さえしてくれれば報酬は弾むから、なんとしてでもあの女を殺してちょうだい！」

「はい。そこで、申し訳ございませんが、前任者が紛失してしまいましたので、改めて標的の写真をくださいますか？」

「そういえばそんなことを言っていたわね。用意してあるわ、ほら」

鏡台の引きだしから一枚の写真を取りだすと、少年に手渡す。

「まったく。標的の写真をなくすなんて、前任者はなにをしているのかしら？」

「死にました」

「――え？」

「正確には、二度にわたる失敗の罰を受けた結果、死に至りました。代わりに私が依頼を遂げさせていただきます」

「そ、そうなの、お悔やみを言わせてもらうわ」

なんの躊躇いもなく、仲間が死んだことを告げた少年と、二度の失敗で平然と仲間を殺した組織の対応に女性は怯えた声を出した。

ここではじめて、前任者の代わりに少年が現れた理由を知った。

「ありがとうございます。おそらく奴も奥様のお心遣いを死後の世界で喜びます」

少年はそれだけ言うと、怯えた女性を気にすることもなく標的の写真を食い入るように見つめる。

写真には、ブロンドの髪をバレッタでまとめた、穏やかな笑みを浮かべた女性が写っている。三十代半ばに見えるが、実際はもっと上だということは情報として知っている。

――優しそうな人だ。

少年は、少しだけ標的を哀れに思った。だが、するべきことはする。

たとえそれが、ただの女の嫉妬が原因だったとしても、暗殺組織の人間として依頼は遂行しなければならない。

「この標的の名は？」

「ハンネローネ・アルウェイよ」

◆

待ちきれないハンネローネの催促によって週末にも同居することが決まったジャレッドは、

翌日クリスタに会うため学園に顔をだしていた。

職員室に寄ってキルシに魔術師協会から依頼がきていないか尋ねたが、まだのようなので教室に向かう。

まだ授業が始まっていない時間帯であるため、生徒たちが廊下で談笑している。中には机に向かい予習をしている生徒もいるが、誰もがジャレッドを見つけるとひそひそとなにかを話しはじめる。

好奇と疑惑、そして嫉妬が含まれた視線を受けて、おそらく宮廷魔術師候補の件がもう生徒たちに伝わっているのだと察した。

昨日のオリヴィエとの婚約話もそうだが、いったい誰がどこで情報を仕入れて流しているのか気になってしかたがない。首謀者を見つけたら、ぜひ感謝の気持ちを込めた拳を数発贈りたいと心底思う。

教室で女子生徒と談笑していたクリスタを見つけて手を振る。こちらに気づいた彼女も手を振り返し、友人たちと言葉を交わすと近づいてくる。

「おはよう、マーフィーくん」

「おはよう。昨日はごめん。急な用事ができたから連絡もできなかったんだ」

「いいよ、いいよ！　キルシ先生にオリヴィエさまの使いに連れてかれちゃったって聞いてたから、きっと戻ってこないだろうなーって予想してたよ」

「なんであの人が事情を知ってるんだよ……」

昨日、職員室を出るときには書類と格闘するキルシの姿を見たのだが、いったいどこでどうして、自分がトレーネと接触し、アルウェイ公爵家の別宅へ向かったことを知ったのか気になる。

「あははは……キルシ先生だから、かな？」

「その一言で納得できちゃうからあの人も大概だよな。とにかく、約束破った埋めあわせはするよ」

「えっ、本当？　じゃあお昼休みに食堂で甘いものおごってもらおうかな？」

「いいけど、この間、体重のこと気にしてなかったか？」

「気にしてたけど、もう諦めたのっ！　女の子は少しぐらい肉がついていたほうがいいんだって思うことにしたから」

なにやら悟ったような表情で乾いた笑い声をあげるクリスタに、おそらくダイエットが失敗したのだと察した。今は自棄になっているが、数日後にはまた体重のことで頭を抱えているはずだ。

次々と表情を変える同級生に、不快な視線を受けて苛立っていた心が落ち着きを取り戻していく。

出会ったときから変わらずクラスのムードメーカーでもあるクリスタと友人になれただけで

も、学園に入った甲斐があった。

「それにしても、女の子か。クリスタが言うとちょうどいいよな」

「どういうこと？」

不思議そうに首をかしげるクリスタを見て、心底女の子だと思う。対して、昨日自身のことを女の子だと自称したオリヴィエを思いだし――うん、やはり無理がある、とひとり頷いた。

本人が知ったら激怒して大暴れしそうだ。あの感情的になるとお嬢様らしからぬ態度を平気でとるオリヴィエとハンネローネに散々振り回されたお茶会を思いだした。

――楽しかった。

疲れもしたし、居心地が悪くなる場面も多々あったが、久しぶりに楽しいと思える時間を過ごせたのだ。

母のために婚約者として自分を選んだオリヴィエは結婚する気がなく、ジャレッドもまた結婚する気があっても結婚したいわけではない。それでも、ハンネローネの笑顔を曇らせたくないし、母を気遣うオリヴィエにつきあうのもいいかもしれないと思えてきていた。

「なんでもないよ。今日も視線が鬱陶しいなって思っただけだよ」

「そうだね。オリヴィエさまとの婚約だけでも生徒たちの噂話のネタとしては申し分なかったけど、今度の噂は宮廷魔術師候補だからね」

「なんとなくわかっていたけど、やっぱり広まってるなぁ……まさかとは思うけど、魔術師協会が情報を漏らしたりしてないよな？」

もしくは教師かもしれないが、むやみに疑うわけにもいかず今は放っておくしかない。いずれは情報漏洩者を見つけてやると誓いながら、苦笑いしているクリスタの言葉を待つ。

「うーん、協会の人がマーフィーくんの情報を漏らして得することはないと思うな。たぶん、生徒だよ」

「根拠は？」

「根拠はないけど、先生たちだって生徒の個人情報を漏らして害を与えるはずはないし、実際、そんなことしたら退職だよ。ここ王立学園だよ。貴族の生徒がどれだけいると思ってるの？」

「確かに、そうか」

一応、ジャレッドも貴族側だが、一般の生徒のことであっても個人情報を故意に漏らしたとわかれば問答無用で退職となるだろう。なおかつジャレッドの場合は学園が許しても魔術師協会が許さないはずだ。

情報に価値があるのかもしれないが、第三者にそれを与えるリスクのほうが大きいと思われる。そう考えると、クリスタの言うとおり情報を手に入れて流しているのは生徒なのかもしれない。

「まあ、いいか」

「いいの？」

「続くようならいずれ見つけ出すよ。それに今は、それどころじゃないんだ」

「オリヴィエさまとの婚約に、宮廷魔術師候補と忙しいものね」

「そういうこと。もしかすると学園にも顔を出せなくなるかもしれないけど、なにかあったらいつでも連絡してくれ」

「ありがと。でも、私がダウム男爵家に連絡するのはちょっと遠慮したいかな」

　言われてクリスタが平民であることを思いだした。

　ジャレッド自身が身分の違いなど気にしていないため、ついそれを忘れてしまい、いつも彼女に気まずい思いをさせてしまう。何度も反省するのだが、自分が貴族だという自覚が薄いせいでなかなか改まらなかった。

　ジャレッドは貴族ではなくあくまで魔術師として生きている。祖父母の世話になっているが、どうせ家督も継げないので貴族らしく生きる必要などないと考えていたのだ。

　それに男爵家は貴族の中でも階級は最下位であり、そこまで平民と違いがあるわけではない。儲かっている商家のほうがよほどいい暮らしをしているし権力も持っている。

　それでも貴族とつきあいの少ないクリスタにはやはり苦手意識があるようだ。

「じゃあ用があったらラーズを使ってくれ。あいつ、俺のいないときにも家にきてるようだし、もうお祖父さまたちとも顔見知りだよ。この間なんて、魔獣討伐して帰ってきたら祖父母と仲よく食事してたから驚いたよ……」

「……ラーズくんもラーズくんだけど、ダウム男爵もダウム男爵だね」

ここにはいない友人の話で盛り上がる。

ラーズは同じ王立学園の生徒だが、出自からなにから一切不明。学園にくることもジャレッド同様に少なく、とはいえ魔術師協会の依頼を受けているわけではないようだ。そもそもジャレッドたちにはラーズが魔術師なのか、そうではないのか未だにわからないのだ。

型破りというべきか、摑みどころのないマイペースな友人が、今どこでなにをしているのか心配になる。

そのときだった――、

「おおっ、ジャレッドではないか！」

聞き覚えのある声がして視線を向けると、ちょうど話題にしていたラーズが手を振ってこちらにやってくる。

「なんだ、ラーズ。珍しく学園に顔を出したのか？」

「なにか呼ばれた気がしてきたのだ。というより、お前にだけは言われたくないぞ、ジャレッド」

「お互いさまだ」

「ちょうどラーズくんの話をしてたんだよ？」

「私の話だと？　まさか悪口ではないだろうな？」

「だったら目の前にいるお前に直接言うよ」

「そうだったな。私とジャレッドの出会いも――人様に迷惑かけるな馬鹿野郎、と突然頭を引っ叩かれたのが最初だからな。うむ。懐かしい」

金髪を顎まで伸ばした線の細い少年ラーズが青い瞳を細め懐かしむ。一見すると線の細い美少年だが、言動はどこかずれている。それが、ラーズという同級生だ。

ジャレッドとラーズ、そしてクリスタの出会いは入学式まで遡る。すでに家督の継げない長男として知られていたジャレッドが好奇と見下す視線にさらされている中、ちょっと変わった生徒が二人いた。

ひとりは怪しげな壺を売りつけようとしていて、もうひとりは引き攣った笑顔を浮かべてそれをやんわり断っていた。言うまでもなくラーズとクリスタだった。

明らかに困っているクリスタに気づかず遠慮するなと無理に売ろうとするラーズの頭を、ジャレッドが周囲からの視線のせいでたまった鬱憤をぶつけるように引っ叩いたのが出会いだった。

周囲はなぜか心底驚いた顔をしたのだが、ジャレッドは未だにその理由がわからない。むしろ、困っているクリスタを誰も助けずにいることのほうが理解不能だった。

そんなやり取りをした結果、なぜかラーズに親友と呼ばれ懐かれてしまった。ラーズはクリスタに押し売りの謝罪を兼ねて壺をプレゼントして、彼女のことも親友と認識した。

よくわからない出会いだったが、振り返れば確かに懐かしい。心から友達と呼ぶことができる二人と出会えただけで学園に入学した意味があったし、ラーズの頭を引っ叩いた甲斐もあったというものだ。

「そういえば友よ、婚約したそうだな。実にめでたいぞ。だが、十歳も年上であることが納得できん。正室ではなく、側室にしてしまえ」

「お前、恐ろしいことをさらっと言うなよ！」

「いいではないか。聞き耳を立てていたとしても、この程度で怒るなら所詮その程度の器量だ、気にすることなどない。ジャレッドの正妻にはもっとふさわしい者がいるではないか！」

「誰だよ？」

「我が姉だ」

「いやぁ、お前と義理の兄弟になるのは嫌だなぁ」

「存外ひどいことを言うな、貴様は！」

こうした他愛もない話ができる友人は貴重だ。学園内では派閥の関係、競争意識などのせいでギスギスした空気が漂っている。

ジャレッドが極力学園に行かないのはそんな空気が好きではないからという理由もあった。

ラーズは相変わらず変人で、自分とラーズのやり取りを見守りながらクリスタが微笑んでくれる。このような時間がずっと続けばいいいと思う。

「おいっ！　ジャレッド・マーフィー！」

しかし、ジャレッドの願いは叶わなかった。

「おい、嘘だろ……面倒な奴がきたぞ」

怒りの形相で教室に入ってきた少年たちを見て、ジャレッドがうんざりする。

「ラウレンツ・ヘリングと、その取り巻きどもだったな。私たちになんのようだ？」

「随分、おもしろいことになっているじゃないか？　僕を差し置いて宮廷魔術師候補だと？」

ラウレンツと呼ばれた亜麻色の髪を伸ばした長身の少年と、彼の背後に三人の少年少女がこちらを睨んでいる。

「ちょ、ちょっと、マーフィーくんも、ラーズくんも教室で喧嘩はやめてね……」

「大丈夫、そこまで馬鹿なことはしないよ」

ヘリング伯爵家の長男であり、地属性魔術師でもあるラウレンツ・ヘリングは、大地属性魔術師であるジャレッドをライバル視しており、ことあるごとに突っかかってくる。

昨日、オリヴィエとの婚約話をネタに突っかかってこなかったので内心安堵していたのだが、魔術師候補になったことがよほど気に入らなかったようだ。

「公爵家と縁を結んだことで、うまく魔術師協会に取り入ったようだな。しかし、お前が宮廷魔術師になるなど絶対に認めるものか！」

◆

――厄介なことになったな。

なぜ頭に血をのぼらせているのか不明だが、ラウレンツが激高していることだけはわかる。もともとまっすぐな性格ゆえ猪突猛進なところがあるのを知っているので、教室の中で暴れられてはかなわないと彼の腕を掴む。

「場所を変えるぞ」

「おいっ、僕に触るな！」

生徒たちの視線が集まるが、気にすることなく怒り狂う伯爵家の少年を強引に教室の外へ連れ出した。体格こそ劣っているが、戦闘経験が多いため単純な力比べなら負ける気はしない。多少抵抗はされたが、渋々でも従ってくれたことにほっとしながら廊下を経て、校舎の外の訓練場に向かう。

友人たちはもちろん、ラウレンツの取り巻きである三人もついてくる。

訓練場は文字通りの用途で生徒たちに開放されている。ときには喧嘩や決闘の真似事で使われることもあると耳にしていたが、まさか自分が似たような理由で使うことになるとは思ってもみず、ついため息がこぼれる。

「いい加減に僕から手を放せっ」

手を振り払われてしまったが、訓練場の中に入ることができたので構わない。ここならば幾重にも障壁が周囲を取り囲んでいるため、隣接する校舎に影響することもない。

制服のしわを気にするラウレンツの体から魔力が漏れているのを感じた。よほど感情が不安定なのだろう。

「お前、どれだけ俺が宮廷魔術師候補に選ばれたことが気に入らないんだよ？」

「黙れっ！　コネを使って宮廷魔術師候補になって恥ずかしくないのか？」

「ふざけるなよ。俺がそんなことするわけがないだろ！」

「ならばどうしてオリヴィエ・アルウェイさまと婚約したんだ！　あの女と婚約したと噂が流れた翌日に、今度は宮廷魔術師候補に選ばれたという噂が流れているじゃないか！」

「たったそれだけで俺がオリヴィエさまを利用したと考えたのか、いい加減にしやがれ！」

してもいないことを糾弾されて怒りが募る。冷静でいなければならないと頭では理解しているのだが、我慢できずにラウレンツの襟首を摑んで壁に叩きつけた。

「俺は卑怯なことなどしない！」

「信じられるものか！」

「マーフィーくん、やめて！」

「止めないでくれ、クリスタ。俺にだって我慢の限界がある」

遅れてやってきたクラスメイトが腕にしがみついてきたため、ラウレンツから手を放した。

圧迫されていた首が開放されて咳き込む伯爵家の少年魔術師に、取り巻きたちが駆け寄り声をかける。

見かねたラーズがジャレッドにたしなめる声を発する。

「友よ、いつもの友らしくないではないか？」

「別に、ただの噂を真に受けた馬鹿に苛ついただけだ」

「なんだと!?」

「だいたい、怒りたいのはこっちのほうだ。昨日から俺の知らないところで好き勝手に噂が流れるわ、噂を信じた馬鹿が突っかかってくるわ、いい加減にしろ！」

怒声を張りあげ、壁を殴りつけた。拳に走る痛みが冷静さを少しだけ取り戻してくれる。

「いくら噂だと言っても、お前があの尻軽を婚約者にしてすぐに宮廷魔術師候補になったのは事実だろ」

ラウレンツのそばにいるひとりが、唾を吐き捨てるように悪態をつく。ジャレッドは、いくら自分のことではないといえ、悪意ある暴言を聞き流せるはずもなく今まで以上の怒りが湧き、脳が沸騰していく。鋭い眼光で男子生徒を睨む。

「お前――今、誰をなんて言った？」

「な、なんだ、婚約者を尻軽と言われて怒ったのか？　だが、尻軽は尻軽だ」

「よさないかドリュー！　この場にいないとはいえ、オリヴィエさまに対して不敬だぞ！」

ラウレンツは公爵家の不正を疑ってもオリヴィエを貶める発言をしたかったわけではない。

貴族として、いや、男として女性を侮辱する発言に怒りを覚え、背後の生徒に声を荒らげた。

しかし、彼はおもしろくなさそうな顔をして、鼻を鳴らす。

「ラウレンツさまだってマーフィーが不正したって言ったじゃないですか。あの尻軽が婚約者の立場をいいものにしようと手を回したに決まっていますよ」

ドリューと呼ばれた取り巻きの少年は不愉快そうな表情を浮かべて主に反論する。

「僕が言っているのはそういうことじゃない。女性のことを蔑むような言葉を吐くなと言っているんだ！」

たしなめられても堪えた様子がない少年は舌打ちすると、面白くないと言わんばかりにこの場から去ろうとした。だが、できなかった。

訓練場の地面から無数の茨が伸びてくる。意志を持つようにドリューの足に絡まり、続いて腰に巻きついていく。

「な、なんだよっ、これっ⁉」

あっという間に、体中を茨に覆われ、己の身になにが起きているのか理解することもできず声すらあげられない。

「好き放題言ってすっきりしたなら、今度はこっちがすっきりする番だ」

「よせジャレッド！」

「黙っていろ、ラーズ。お前には関係ない。クリスタを連れて下がっているんだ、いいな」

未だ腕にしがみついていたクリスタを離し彼に預けると、微動だにできなくなっている悪態をついた少年に声をかける。

「恐怖で動けなくてよかったな。この茨は動くものは傷つけるが、動かなければ害がない。痛い思いをしたくなければじっとしていろ。お前にはあとで暴言を吐いたことに対してそれ相応の罰を受けてもらう」

「なにを、した、んだ」

「地属性魔術師は植物だってその気になれば操ることができるんだ。知らなかったのなら、勉強不足だな」

驚愕し顔色を悪くする少年を放置して、ジャレッドはすぐそばで警戒を露にしているラウレンツを牽制するように向き直る。

「お前もこいつのように痛い目に遭いたいのか？」

「ドリューを放せ、ジャレッド」

「断る」

「婚約者を悪く言われたお前の怒りは間違っていない。あいつにはちゃんと謝罪させる。僕からも謝る――」

「それ以前に、話しあうことがあるだろ？」

伯爵家の少年の言葉を遮り、冷たい声を投げる。

「まず誤解を解いておく。アルウェイ公爵家は俺のために魔術師協会に手を回すなんてことはしていない。もし、権力の力で宮廷魔術師になることができるのなら、今ごろ宮廷魔術師は公爵家一族で固められているはずだ。空席が半分あるなどありえない」

魔術師協会は国から半独立した組織であり、王宮でさえ協会を言いなりにはできない。無論、国の組織であるため王宮との関係は密であり、信頼関係もあることは確かだ。

魔術師協会はあくまで魔術師のための組織であり、能力に優れた者が優遇されるのは事実だ。現にジャレッドも依頼を受ける代わりに授業を免除され報酬まで貰っている。しかし、優れた者が優遇されるのはどの社会でも珍しいことではない。

優れた魔術師であれば身分にかかわらず魔術師協会の庇護を得ることができるのだ。魔術師として大成したいなら必死に努力するはずである。

魔術師とは限界を見据え、限界を越えようとする生き物なのだ。知識を求め、技術を求め、戦いを求め続ける。

ゆえに、権力を使って宮廷魔術師になろうなどという『安易な近道』をしようとは思わない。もし、そのような考えを持つ者がいるなら、それは魔術師ではない。魔術が使えるただの人間だ。

「ラウレンツ、お前は猪突猛進なところがあるが、馬鹿じゃない。魔術師としての誇りを持っていることを俺は知っている。なのに、どうして、放っておけばいい噂を安易に信じた？」

「それはっ――」

「俺が本当に宮廷魔術師になりたいがために、公爵の娘と結婚して、権力を手に入れようなんて考えていると思ったのか？」

俯いてしまった少年の顔を掴み、視線を合わせて断言する。

「俺には魔術しかないんだ。だから、絶対に魔術に関わることで恥ずべき行為はしない」

「ならば――なぜ、お前はなにも否定しなかった」

「なに？」

「お前はいつだってそうだ！　優れた魔術師でありながら、家督を継げないと馬鹿にされても平然としている。オリヴィエさまとの婚約の話だって悪く言われていることを知らないとは言わせないぞ！　そして、今回の宮廷魔術師候補の話だって同じだ。違うなら違うと一言ちゃんと言ってくれればいいじゃないか！」

「俺は言っただろ？」

「それはさっき僕に言っただけだろう！」

不意にラウレンツの瞳から涙がこぼれ落ちる。これにはジャレッドも驚いた。

「お前は悔しくないのか？　才能を持ち、才能に溺れず努力をして実力をつけたにもかかわらず、陰で馬鹿にされているんだ。お前にとっては取るに足らないことなのかもしれないが、誰もが口を揃えて不正をしたと言っているんだぞ、否定するべきじゃないのか？」

「なんでお前が泣くんだよ。泣くなら俺だろ？」

「僕の気持ちがわかってたまるか。昨日、僕がどんな思いで、家督を継げないからオリヴィエさまと婚約したという根も葉もない噂を否定して回ったか知らないだろ？　恩着せがましいことを言いたいわけじゃない。僕は、僕が憧れて追いかけているジャレッド・マーフィーを悪く言われたくなかったんだ！」

「ラウレンツ、お前――」

「なのに今日になったら今度は権力を使って宮廷魔術師候補になったという噂が学園中に流れている。信じたくなかったが、お前が誰に対しても否定しないせいで僕はもしかしたらと思ってしまった」

　ようやく彼の今回の行動に納得がいった。同時に、自分の知らないところで噂を否定してくれていたことに感謝の気持ちを抱く。

　てっきり嫌われていると思っていた。ライバル視され、突っかかってくるのも自分のことが気に入らないからだと。しかし、違った。勘違いしていたのはジャレッドのほうだった。

　涙を拭うラウレンツにジャレッドは頭を下げる。

「悪かった。そして、ありがとう」

感謝の気持ちを伝えると、ラウレンツだけではなく取り巻きの少年少女も驚いた顔をする。

「確かに、俺は噂を無視していた。不愉快だけど、いちいち反応していたら面白がるだけだと思っていたから相手にしなかったんだ。だけどまさか、ラウレンツが俺のために噂を否定してくれたなんて思いもしなかった」

「僕たちはお前を信じていた。だからベルタとクルトも一緒になって手伝ってくれたんだ。だからこそ、不正をしたと聞いて許せなくなってしまった」

親しい友人が自分のことを信じてくれているならそれでいいと噂など放っておいた。しかし、彼らが自分のために噂を消そうとしてくれていると少しでも知っていたらもっとちがった対応をしていた。そのことが悔やまれる。

「ごめん。ベルタとクルトも悪かった」

取り巻きの少年少女にも謝罪するが、気にしていないと言われる。主と同じように善意で行動してくれたのだろう。

「お前が謝る必要はない。そう、ないんだ。今、こうしてお前が身に覚えのない悪評に怒りを覚えている姿を見て、不正をするような魔術師じゃないとわかった」

「ああ、俺は不正をしたりしない。そんなことしなければ宮廷魔術師候補になれないなら、はじめからなろうと思わない」

仮に善意で婚約者の一族が魔術師協会に口をきいてくれると言ってもジャレッドは間違いな

く断っていただろう。それどころか、確実に距離を置いたはずだ。

それは、魔術師として力不足だと言われているようなものだから、侮辱でしかない。

力不足なら自分のせいなのだから仕方ないことだし、それを理由に誰かになにかをしてもらいたいとは思わない。

戦闘で助けてもらうことや、自分に足りない部分を補い協力してもらうこととまったく意味が違うのだから。

「僕のほうこそすまなかった。僕は確かに猪突猛進だ。教室であれだけ騒いでしまえばまた新たな噂が流れてしまう――」

「俺は、俺の大切な人たちが真実を知ってくれているならそれだけでいいんだ。だから、お前たちに真実を知ってもらえたことが嬉しい。信じてもらえたのなら、もっと嬉しい。ありがとう」

ジャレッドは自分のために行動してくれた不器用な友人を強く抱きしめた。ラウレンツは驚いたようだが、少し躊躇ってからジャレッドを受け入れるようにその背を叩く。

「さて、せっかく友情をはぐくんでいるところに水を差したくないのだが、友と友の婚約者に対する暴言を吐いたこの愚か者はどうする？」

茨に覆われて身動きできなくなっている少年を眺めながらラーズが問う。

互いに腕を離したジャレッドたちの視線を受け、ドリューが怯えを見せた。

「彼の言ったことは僕からも謝る。だから、今回だけは許してくれないか？」

「二度とオリヴィエさまに対する悪意ある言葉を言わないと約束できるなら、今回は見逃しても構わない」

できることならこのまま茨で締めつけ痛めつけてやりたいが、ラウレンツのために怒りを抑えることにした。

目に見えてほっとする友人たち。

「おい、声は出せるだろ。今、聞いたとおりだ。二度とオリヴィエさまに対する暴言は許さない。いいな?」

「は、はひ……」

今にも泣きそうな声を出す情けない姿に、怒りが霧散していく。たかが動きを拘束されただけで、抵抗もできず足掻く勇気もない男に少しでも感情を動かすのが無駄だと思えたのだ。

ジャレッドの命令を受けた茨が拘束を解いて消える。解放され地面に転がった少年にラウレンツたちが心配して手を貸そうと近づくも、彼は脱兎のごとく逃げだしてしまった。

「ねえ、放っておいていいの?」

「怪我はさせてないから安心していいよ」

「でも、あの人が貴族だったらマーフィーくんと揉める原因にならない?」

クリスタの質問はもっともだ。しかし、ラウレンツが心配ないと言う。

「彼は貴族ではない。父上は貴族だったようだが、彼は違う」

「ふむ。奴の家は没落したということだな」

遠回しの説明を受け、ジャレッドたちが気づいたことをラーズが口に出してしまう。気まずい沈黙が走る。

「……僕が言葉を選んだのにはっきりと言わないでくれ」

「どうせ本人が聞いていないのだから、構うものか。だが、奴がこれからジャレッドに対してなにかよからぬことを企まなければいいのだがな」

「ラウレンツ、悪いけど、ドリューと親しいなら、しばらく様子を見ていてくれないか？」

怯えたあの男子生徒がなにかできるとは思わないが、万が一を考え、彼とつきあいのあるラウレンツに頼む。だが、伯爵家の少年は苦い顔をして首を横に振ってしまった。

「すまない。僕たちは特別ドリューとは親しいというわけじゃないんだ」

「それってどういうことだ？」

「ベルタとクルトとは昔からのつきあいだが、ドリューは学園の実習授業のチームのメンバーとして出会っただけなんだ。授業では組むことが多かったので自然と一緒にいたのだが、彼は彼で親しい友人がいるようなんだ」

「ドリューはラウレンツさまを利用しているのです」

「よさないか、ベルタ。その話は前に終わったことだ」

「ですが！」

ラウレンツの取り巻きの少女ベルタは窘められるが、ドリューになにか思うことがあるようで引こうとしない。

「彼になにかあったの?」

同性であるクリスタが問いかけると、ベルタが口を開こうとする。しかし、声を発することなく不安そうにラウレンツを窺う。

「……わかった。話しても構わない」

主から了承を得ると、ベルタが語る。

「ドリュー・ジンメルは魔術師ですが、成績が悪く、進級も危ぶまれていました。しかし、ラウレンツさまに助けられる形で成績を盛り返し留年を逃れたのです」

あまり悪く言いたくないのか言葉を選んでいるようだが、この場から逃げだした男子生徒が少女たちの主を利用していたのだと簡単に推測できる。

「私たちと組んだ実習授業の評価がよいこともあって、度々ドリューは一緒に授業を受けようと近づいてきました」

苦い顔をして少女は続けた。彼女にとってもあまりおもしろくないことなのだろう。

「マーフィーのように学園から授業を免除されているごく一部の生徒を除けばラウレンツさまの実力はトップクラスです。誰もが組みたがるのですが、私たちがラウレンツさまを利用されるのが嫌でそれを阻んでいました」

「だけど、ドリューはうまいことやった、と」

「困っている者に手を差し伸べることを躊躇しないラウレンツさまに取り入ろうとしたのです。特別に害があったわけではないのですが、今回のことを考えるとやはりなにかしらの意図があって近づいてきたのではないかと思わずにはいられません」

「なにかしらの意図？」

　おそらく彼女は成績に関して以外の理由でもドリューがラウレンツに近づいてきたと考えているのだろう。

　ジャレッドたちには、この場にいない少年の真意などまるでわからない。だが、ラウレンツのそばに居続けた従者たちからすれば、思うところがあったのだろう。

「もういい、やめてくれ」

　黙っていたラウレンツが静かに声を発した。

　続きを口にしようとしていた少女が主の制止に口を閉じ硬直する。

「仮に僕を利用しようとして近寄ってきたのだとしても、害があったわけじゃない。それに、今までだって似たような人間はいたんだ。今さらその程度のことを気にしてもしかたがない」

「ですが……」

「ベルタ、お前が僕のことを案じてくれているのはよくわかっている。でも、僕は大丈夫だ。いいな？」

「……はい」

渋々だが少女は頷き、見守るもうひとりの従者の少年も口を開くことはなかった。

「僕を気遣ってくれていることには心から感謝している。ありがとう」

主の感謝の言葉で二人の表情が嬉しそうに破顔した。

「変な話になってしまってすまない。ドリューもそう悪い奴ではないと僕は思っている。折を見て今日のことはしっかり言い聞かせておくから時間が欲しい」

「ああ、だけど俺の問題を任せていいのか？」

「構わないさ。確かにジャレッドの問題なのかもしれないが、ドリューは僕にとって友人だ。改めて今回のことを謝罪させるよ」

「謝罪はいいから、約束だけ守らせてくれ」

「わかった。ジャレッド、改めて今日はすまなかった。ラーズとクリスタも僕が勝手に憤ってやったことに巻き込んでしまって本当にすまない」

深く頭を下げたラウレンツに、従者の生徒も続く。

「顔を上げてくれ。俺にだって原因はある。だからお互い様にしよう」

「ありがとう」

ほっとした表情のライバル魔術師に、ジャレッドは少し言葉を選びながら声をかける。

「それと、なんだ……その、今度よかったら魔術について話しあおう。大地属性魔術師といっても地属性に特化しているラウレンツのほうが優れていると俺は思うんだ。だから色々と情報交換ができれば、お互いに成長できるんじゃないかと思うんだけど、どうかな？」

「──っ、ああ！　もちろんだ！」

「じゃあ約束だ。明日の昼にでも時間を空(あ)けておいてくれ」

そう伝えてジャレッドは右手を差しだした。

「楽しみに待っている」

ラウレンツは差しだされた手を力強く握りしめる。

「もちろん、ベルタとクルトも都合が合えば是非(ぜひ)一緒に」

「ぜひご一緒させていただきます」

ラウレンツに同行できることを喜ぶ二人。そして、

「なら私も参加するわよ。魔術師じゃないけど、魔術に関しての知識はあるんだから」

「私も参加しよう。ジャレッドとラウレンツが魔術談義でどのように盛り上がるのか興味深いからな」

明日の昼を楽しみにしながら、すでに始まってしまった授業に出るため校舎に戻っていく。

◆

「失態だったわね」

昼休みの空き教室に、静かだが怒りを込めた少女の声が響いた。

手櫛で波打つブロンドの髪をすきながら、少女は笑顔を浮かべているが、それは作りもののように冷たく、なおさら怖さを醸しだしていた。

椅子に座る彼女を前に膝をついたドリュー・ジンメルは、銀縁の眼鏡越しに射抜くような視線を向けられ、恐怖から小刻みに体を震わせている。

「も、申し訳ございません！」

床に額をこすりつけて深々と謝罪するが、少女から送られる視線は冷たい。

ドリューは心底ジャレッド・マーフィーを恨んだ。

ラウレンツ・ヘリングを利用してジャレッドの悪い噂に信憑性を持たせるだけのはずだった。ジャレッドに対して憧れを抱きながらも不満を募らせているラウレンツの心を煽り焚きつけることなど容易いと思っていた。そして実際簡単だった。

ベルタとクルトという双子のきょうだいには警戒されていたものの、ラウレンツは頼ってくる人間を見捨てない甘い男なので、なにも疑われることなくこちらの思惑通りにことは進むと思われた。しかし、あんな想像を超えた展開が待っているとは、ドリューは夢にも思わなかった。

まさかラウレンツが心中を吐露し、ジャレッドが受け入れて和解してしまうとは。

これにはドリューも驚きを禁じ得なかった。茨に拘束されていなければ、声を出して驚いたか、陳腐な友情劇に爆笑していただろう。

結果として、したくもない謝罪をしなければいけない状況に陥っている。

「貴方には見込みがあると思っていたのだけど、勘違いしていたようね」

「そんなことは――」

「言い訳は聞きたくないの。わたくしは、今日、この瞬間、頼んでいたことがすべてよい結果を出したことに喜びを噛みしめながら帰宅したかったのよ?」

「申し訳ございません!」

「謝らなくていいわ。でも、わたくしの胸にくすぶるこの不快感はどうしようかしら?」

人気のない教室にドリューは少女と二人きりだ。にもかかわらず、明らかに怯えていた。ドリューは成績が悪くても魔術師だ。本来なら魔力の欠片も持たない小柄な少女を組み伏せることなど容易い。だが、そんなことをすれば首が飛ぶ。比喩ではない、物理的に。

恐ろしくとも、この場から逃げだすこともできない。

少女は知っているのだ。ドリューが抵抗もできなければ、逃げだすこともできないことを。知っていながら、怯えるドリューを笑っているのだ。

「貴方は没落したとはいえ貴族の血を引いているのでしょう。だからわたくしは貴方のために魔術師の血を取り入れたいと望んでいる一族を紹介してあげると約束したわよね」

「は、はい」

「でも、わたくしは慈善活動をしたいわけではないのよ？」

「もちろんです、忘れてはいません！」

「ジャレッド・マーフィーの評判を下げるために、ラウレンツ・ヘリングをけしかけて噂が真実であるようにしてほしいとお願いしたわよね？　成功報酬として一族を紹介する。貴方が気に入られればお婿さんになれて、もしかしたら貴族の一員に加われるかもしれない——そういう約束だったはずよね？」

その通りだった。

ドリューはなにもジャレッドやラウレンツが憎くて暴挙とも呼べる喧嘩を売ったわけではない。

ラウレンツの上から目線の態度は鼻につくし、伯爵家の息子だからだろうがプライドが高い一面にうんざりしたこともあったけれど、成績の悪い自分を嫌な顔ひとつせず助けてくれた。ジャレッドは同じ魔術師として嫉妬心もあるが、憧れを抱いていた。

だが、誘惑には勝てなかった。

二人を完全に仲違いさせるだけで、学園中に少女が流したジャレッドの噂に信憑性をもたせることができる。その報酬に、ドリューは再び貴族の一員に戻れる機会をもらえる約束だった。

魔術師の血を欲しがる貴族は多い。しかし、魔術師協会が目を光らせている。それでも、ドリューのように貴族と縁を結びたい魔術師は少なくない。そこへチャンスをくれたのが少女だった。

しかし、蓋を開けてみれば失敗だった。

挙句の果てに、ジャレッドとラウレンツが友となるきっかけを与えてしまったのだ。

大失態としか言いようがない。

「ジャレッド・マーフィーが動いてしまったわ。これまで放置していた噂話を否定したのよ。しかも、ラウレンツや生徒会も協力したせいで噂は所詮噂でしかなくなってしまったわ」

知っているからこそ、ドリューは恐怖で顔を上げることができない。

「わたくし、それほど難しいことを言ったかしら？」

わざとらしく考える素振りをしてから少女は首を振る。

「いいえ、言っていないわ。貴方にはがっかりしてしまったわ。もういいわ、行きなさい」

「も、もう一度チャンスをください！」

「あら、貴方にまだなにかできるのかしら？」

「なんでもします。ですから、もう一度だけ、チャンスをください」

「そうねぇ……」

ドリューの言葉に、少女は待っていましたと言わんばかりに唇を吊り上げる。

少女の顔を見ることができないドリューは気づかなかったが、悪巧みを思いついた子供のようだった。

「なんでもすると言った貴方の覚悟に免じてもう一度チャンスをあげましょう」

ドリューが顔を上げて、感謝の言葉を発しようとしたが、

「――ジャレッド・マーフィーを殺しなさい」

あまりにも不可能なことを言われてしまい、硬直した。

「あら、お返事は?」

「――です」

「聞こえないわ」

「無理、です!」

少女は不快を露に、眉を顰めた。

「あらあら、どうしてかしら?」

「私は留年寸前の落ちこぼれ、あいつは宮廷魔術師候補となった魔術師なのですよ!」

「所詮は候補でしょう? 同い年の魔術師なら手も足も出ないなんてことはないと思うのだけど?」

ドリューは目の前にいる無知な少女を殴り倒したくなった。少女は自分がどれだけ無茶苦茶な命令をしているのかまったく理解していない。

「手も足も出ません! 私とジャレッド・マーフィーでは魔術師として立っている次元が違うのです!」

断言するドリューだが、少女にはいまいち言葉が伝わっていない。

しかし――それが普通だ。

ジャレッド・マーフィーが魔術師として高みに立っていることは同じ魔術師でなければわからない。

飛竜の群れを壊滅させた、海魔を倒したとどれだけ言葉を重ねても、ただ凄い、としか魔術師以外では思えない。いや、魔術師でも多くの者が自分より優れている程度にしか考えていない。だが、ドリューは知っていた。

見ていたのだ。偶然、ジャレッドが魔術を使う瞬間を。

先ほどの茨でも詠唱も動作もなかったことに驚きを禁じ得なかったが、ジャレッドの魔術はそれしきのものではない。

大方の魔術師がひとつだけしか魔術属性を持たないのに対して、ジャレッドは三つの魔術属性を持っている。ひとつひとつの属性が、熟練の魔術師レベルであるのは言うまでもなく、当たり前のように三つの属性を同時に操り、応用さえするのだ。

ジャレッドは呼吸するように魔術を使って、ドリューの見ている前で敵を駆逐した。

ドリューでは逆立ちをしても勝てるはずがない。

魔術師の多くが魔術師であることに誇りを持ち、魔術がすべてだという考えなのに対し、ジャレッドは魔術を手段のひとつとしか思っていない。本人は否定するだろうが、体を鍛え、剣術を学び、格闘技の訓練をしているのを見れば誰でも、ドリューと同じことを思うだろう。

その証拠に、ジャレッドは魔術を必要以上に使おうとしない。戦いに関しても魔術を使わないですむなら武器を使うほどだ。今朝のように、感情を爆発させれば魔術を使うこともあるようだが、それでも無意識にか意識してか力をかなり抑えていることくらいわかる。

実力では到底敵わないとわかっていたからこそ、ラウレンツをぶつけて評価を落とそうという企てに乗ったのだ。見返りも魅力的であったが、才能に恵まれなかった嫉妬をぶつけるには実にいいチャンスだったのだ。

「貴方、震えているわよ？」

ドリューはジャレッドの恐ろしさに気づいた。誰に喧嘩を売ったのか、今さらながら自覚した。

殺すなど不可能だ。敵意を見せれば殺されてしまう。

「わたくしにはわからないのだけれど、それほどにジャレッド・マーフィーが怖いのなら、なにもしなくていいわよ」

「ほ、本当ですか!?」

「ええ。でも、代わりに、彼の大切な誰かを害しなさい。殺せ、とは言わないわ。だけど、痛い目に遭わせるくらいならできるでしょう？」

即答することができない。仮に行ったとして、自分の仕業だと気づかれれば報復される。

そんなドリューの心を読んだように、少女が微笑んだ。

「大丈夫よ。わたくしが貴方を守ってあげましょう。男爵家の、家督も継げない長男など怖くはないわ。貴方はジャレッド・マーフィーの周囲にいる大切な誰かを傷つけてくれれば、貴族と縁を結べて、わたくしにも守られる」

「本当に、守ってくださいますか？」

「もちろんよ。わたくし、味方のことはとても大切にしますもの」

甘言に誘われて、ドリューは考える。ジャレッドは無理でも、他の誰かを傷つけることならできる。自分の仕業だと知られても少女が守ってくれるなら恐れることはない。

すでにドリューの思考は麻痺していた。自分の欲を優先し、誰かを傷つけることを選んでしまった。

「やります。やってみせます！」

恐怖心の消えた声を出すドリューに少女は満足だと言わんばかりに破顔する。

「いいお返事よ。結果を楽しみにしているわ」

「必ずご期待に応えてみせます！」

深々と頭を下げてから、ドリューは勢いよく立ち上がると教室から出ていった。

彼を見送った少女は笑顔を消すと、小馬鹿にした表情を浮かべて舌打ちする。

「まったく馬鹿な男。でも、成功したら約束は守らなければならないわね。幸い、あの程度の男でも魔術師というだけで一定の価値はあるから、どの一族でも喜ばれるでしょうね」

少女は魔術師の血を欲している貴族をひとつひとつ思い浮かべる。その中でもっとも権力が低く、魔術師の血を引き込んでも問題ない一族を選別していく。

「――でも、わたくしならいくら魔術師の血が欲しくても、あんな男の血はごめんだわ。そう考えると、オリヴィエは本当にうまくやったわね。まさか学園でもっとも優秀な魔術師を婚約者にするなんて思わなかったわ。行き遅れのくせに十歳も年下に手を出すなんて恥を知らないのかしら？」

苛立ちが募り無意識に爪を噛みはじめた少女は、ふといいことを思いついて動きを止めた。

「そうよ、どうせドリューは失敗するでしょうから、この際、切り捨てて、わたくしがオリヴィエからジャレッド・マーフィーを奪ってしまいましょう。彼ならわたくしの婿にふさわしいわ。彼にとっても、行き遅れと結婚するよりも歳の近いわたくしのほうがいいに決まっているわよね」

オリヴィエ・アルウェイがはじめて婚約者として認めた男を奪えば、今までにない快感が待っているはずだ。悔しがるあの女の顔を想像するだけで、わくわくしてくる。

「貴女は大切なお母さまを守ることだけ考えていればいいのよ。ジャレッドさまはオリヴィエにはもったいないわ。代わりにわたくしが大切にしてあげましょう」

名案を思いついたと確信した少女は、どうやってジャレッドに近づこうか考えながら楽しそうに笑うのだった。

3章　魔術師協会からの依頼

昼休み、ジャレッドは約束通りラウレンツと魔術談義をするために食堂のテラスにあるテーブルについていた。

メンバーはジャレッドと馴染(なじ)みの二人、クリスタとラーズ、そして、新たに友人となったラウレンツとその従者のベルタとクルトだ。

ベルタとクルトは双子(ふたご)で、代々ヘリング家とともに歩んできたバルトラム男爵家の長男長女だと自己紹介された。彼女たちは貴族としての立場よりもラウレンツの従者としての立場を大事にしていることが態度や言動からよくわかった。

ラウレンツはこの場にいないドリューとジャレッドが険悪なままでいさせたくないようで、学園内をあちこち捜したらしいが見つからなかったようだ。

「昼食も取ったし、昼休みも限られているからさっそく——」

魔術談義をするべく口を開いたジャレッドだったが、不意に言葉を止め、立ち上がる。

「ジャレッド?」

全員がなにごとかと思い、視線が集まる。代表してラウレンツが問うと同時に、

「ふむ――客のようだな」

ジャレッドに続いてなにかに気づいたラーズが声をあげる。

小さな足音が近づいてきているのがわかった。足音の主は意識して気配を消しているようだが、人間は完全に気配を消すことはできない。

息を殺そうが、心臓は動く。それに、体を動かせば服がこすれる音や、靴が地面を踏む音がしてしまうのは避けようがない。

だが、それでも音を最小限にしているところから、近づいてくる者はかなりの使い手だと判断できる。

ジャレッドが制服の上着からナイフを抜いて構えると、ラーズ以外がぎょっとする。

「マーフィーくん!?」

とくに驚きを露(あらわ)にしたのがクリスタだ。

「静かに」

ジャレッドは振り返ることなく短く返事をする。視線はそのまま。食堂と外をつなぐ一枚の扉を睨(にら)みつけている。

「ええと、あの、敵意はないので構えを解いてくだされば助かります」

聞き覚えのある声が聞こえ、ジャレッドはすぐにその声の主が誰なのか気づいた。

「はい、デニスです。ご無沙汰――していませんが、こんにちは。扉を開けますが、攻撃しないでくださいね」

そう言いながら現れたのは間違いなく魔術師協会のデニス・ベックマンだった。

「マーフィーさま、そしてご学友の皆さま、私は魔術師協会のデニス・ベックマンと申します。あまり協会の人間が学園を出入りするのを見られるのは好ましくないと思い、気配を消したのですが、警戒されてしまったようで、申し訳ありません。あははは」

嘘つけ、とジャレッドは内心毒づく。

気配を消しただけならまだしも、わずかな敵意をわざと発していたことは見逃さなかった。

ラーズ以外が気づいていなかったので友人たちを守ろうと構えを取ったが、単身であればとうに襲いかかっていた。

「デニスさん、俺はあまり探られたりするのは好きじゃないんです。ご用件は？」

「ジャレッド・マーフィーさまに――魔術師協会から依頼を持って参りました」

「学園経由ではなく、わざわざあなたが依頼を届けにきてくださったんですか？」

「はい。少々厄介な件ですので、直接お話ししたほうがよいかと思いまして」

笑顔を絶やすことないデニスだが、声や表情にわずかな陰りを感じた。

普段なら魔術師協会の依頼は教師経由で伝えられるのだが、協会員の彼が直接現れたことで急を要することがわかる。

「おい、私たちは席を外したほうがいいのではないか？」

「いいえ、お気遣いはありがたいのですが、今回の一件は明日くらいには皆様にも知られてしまうはずなのでどうぞそのままで構いません」

「とりあえず座ってください」

「ありがとうございます」

　クリスタが椅子をひとつ用意すると、デニスが感謝を伝えて腰を下ろす。

　そして、依頼内容を話しはじめた。

「ここ王都の東の外れにアルウェイ公爵領があることはご存知だと思いますが、今回はアルウェイ公爵から直々の依頼です」

「アルウェイ公爵が？」

「未確認情報なのですが、アルウェイ公爵領に『竜種』が現れたらしいのです。それだけならよかったのですが、問題は――人を襲いました」

　ジャレッドを含め誰もが声を失った。

「竜種ってそんな、飛竜なんかの比じゃない強力な怪物じゃないか！　まさかジャレッドにその怪物と戦えと言うんじゃないだろうな!?」

「そのまさかですへリングさま。私たちはジャレッド・マーフィーさまに竜種の退治をお願いしたいのです」

「ふざけるな！」

ラウレンツの怒声が響く。

無理もない。竜種といえば、竜の下位種を指す。

ウェザード王国の隣国であり同盟国でもあるウェルズ竜王国は竜たちの国だ。正確に言うならば、竜たちが支配している土地をウェルズ竜王国と呼ぶ。

竜が人間を襲うことは滅多にないが、竜種と呼ばれる下位種はたまに人間を襲う。だが、同じくらい人間たちも竜種を襲うのでどちらが悪いとはいえない。

竜種を襲う人間の多くは冒険者であるため、厄介だ。奴らは自由を主張し、国や魔術師協会はもちろん、自分たちが属している冒険者ギルドの言うことすら聞かないのだ。

竜種も管理が難しい点では同じであり、知能は人間にやや劣っているため、餌がなくなると人里に現れて被害を与える。そのときはじめて騎士団や宮廷魔術師、もしくは魔術師協会から派遣された魔術師が戦うことになる。

ジャレッドが倒した飛竜は竜種に近い種で、生息地は大陸中に存在しており、分類上魔獣とされている。

竜種も大陸の至る所にいるが、飛竜よりも体格が大きく、力も上だ。なによりも人間で言う魔術を使うのだから始末が悪い。

「落ち着いてくれ、ラウレンツ。デニスさん、一応聞いておきますけど、俺に断ることはできますか？」

「もちろん、できます。ですが、竜種を倒せる人間は少なく――いえ、騎士団を派遣すれば倒すことはできますが、まだどのような竜種かもわかっていないため、魔術師が向かったほうが早いのです。とはいえ、ただの魔術師が竜種を相手にしても返り討ちに遭ってしまいます」

「なるほど、だから我が友ジャレッドに白羽の矢が立てられたということか」

ラーズだけではなく他の面々も理解した。騎士団を動かすには時間がかかる。ならば、魔術師であり、宮廷魔術師の候補として選ばれるだけの実力を持つジャレッドを動かしたほうが効率がいいのだ。

「はい。私たちもマーフィーさまを危険に晒したくはありません。ですが、竜種を倒したという功績は大きい。竜殺しなど滅多に行われません。現在の宮廷魔術師でさえ竜殺しを成した者はたったひとりだけです」

つまり宮廷魔術師候補として手柄を立てろということだ。

ジャレッドはあまり危機感を抱いていなかった。それどころか、今まで出会ったことがない竜種に興味があった。

戦ったことがある飛竜は、竜と名のつく存在ながら飛んで火を吐くことしかできないただの獣だった。魔術師として肩透かしを食らったことを覚えている。

だが竜種は違う。下位種と呼ばれていても間違いなく竜なのだ。

「興味はあります」

「マーフィーくん！」

咎める声がクリスタから放たれる。彼女だけではなく、ラウレンツもラーズさえも不安を隠せない様子だった。

「もちろん、魔術師協会もマーフィーさまおひとりに丸投げするつもりはありません。アルウェイ公爵と協会が協力して討伐部隊を現在、準備中です。マーフィーさまには討伐部隊が間に合わない場合に備えての、万が一の保険として先行してほしいのです」

「保険、先行、万が一と、物は言いようだな。正直、私は不愉快だ。宮廷魔術師を動かせ」

「宮廷魔術師は動かせません。彼らは魔術師協会と協力関係にあっても、魔術師協会から命令はできません。彼らを動かすことができるのは王宮だけです」

「力を持つ者たちが権力に逆らえないとは……哀れだな」

暴言ともとれるラーズの言葉を誰も否定しなかった。

「俺は依頼を引き受けようと思います」

「ジャレッド！」

「いや、だって、俺が行かないとアルウェイ公爵領の人たちが困るだろ？」

「それはそうだけどマーフィーくんが行かなくても……」

不謹慎だが友人たちから心配されていることが凄く嬉しかった。心優しい彼らと友人になることができて本当によかった。

「ならば僕も行こう。いや、ついていく。もう決めた」

「ラウレンツ様っ！」

突然のラウレンツの決意に、ベルタが悲鳴をあげる。

「いやいや待て待て、ラウレンツが協会に依頼されたわけじゃないだろ！」

「お前だって断ることができるのに、危地に赴こうとしているじゃないか！」

「それは、そうなんだけどさ」

「もちろん、僕はジャレッドが心配だ。だが、それ以上に竜種に怯えている人々を守るために戦いたい。そうでなければなんのために魔術師であるのかわからない！」

ラウレンツらしい正義感にあふれる言葉だった。

竜種という未知なる生物を相手にするのだ。危険な目に遭うのはひとりでいい。なによりもせっかく友人になれたラウレンツが傷つくかもしれないと思うと、不安でしかたがない。

「ジャレッド、お前がなんと言おうとついていくぞ。魔術師協会にとって僕は大したことのない魔術師なのかもしれないが、学園内ではトップクラスの魔術師だ。お荷物にならないと約束するし、もしなったら捨て置いて構わない」

「いえ、魔術師協会はべつにヘリングさまを蔑ろにしているわけではありませんが……」

「そんなことはどうでもいい！　僕が同行していいのか、駄目なのかどちらだ？」

　問われたデニスは考え込むように腕を組む。そして、

「私としては構いません。ですが、ヘリングさまはご家族、とくにヘリング伯爵を説得してください」

「説得だと？」

「はい。あなたに万が一のことが起きた場合のためです。こういうことは言いたくありませんが、魔術師協会の依頼は危険がつきまといます。いえ、騎士や冒険者だろうと同じですが、そのために本人の同意書が必要なのです。とくにあなた方は未成年なので保護者の許可もいただきたい」

　魔術師協会に属するだけなら同意書は必要ない。だが、依頼を受けたいのなら必要だ。ジャレッドはすでに同意書を書いており、保護者である祖父も承諾（しょうだく）している。つまり、依頼によってジャレッドが死ぬことになってもダウム男爵は黙って受け入れるということである。

　魔術師協会はウェザード王国の組織であるため、国の貴族との揉（も）め事は困るのだ。

「マーフィーさまには一時間後には出発していただきます。その前に、ヘリング伯爵の同意書をいただくことができましたら同行を認めましょう」

「わかった。クルト、父上に会いに行くぞ」

「ですが……」

「心配してくれるのはありがたいが、頼む」

「……わかりました」

渋々ながらクルトが返事をするとラウレンツは椅子から立ち上がる。

「父上を説得し同意書をもらってくる。一時間で戻ってくるから、待っていてくれ」

そう言い残すとジャレッドの返事を聞かずにテラスから食堂の中に入っていく。彼のあとをベルタとクルトが慌てて追う。

「色々と考えているようなので猪突猛進とは言わないが、大変なことになってしまったな」

「頼むからお前までついてくるとか言うなよ？」

「言わんよ。友の助けになってやりたいが、生憎戦闘は苦手だ。さて、魔術師協会の人間よ、少し聞きたいことがある」

「なんでしょうか？」

「ラウレンツはなぜ魔術師協会と学園から授業免除をされていない？　実力だけなら、ジャレッドに劣るだろうが、こやつは規格外なのでしかたがない。だが他に免除されている生徒と比べると、いささか疑問を覚える」

ラーズの問いにデニスは大きく頷いた。

「そのことに関しましてはおっしゃる通りです。協会も学園もラウレンツ・ヘリングさまに授業を免除し、実戦経験を積んでもいただきたかった。しかし、家の方で反対されてしまいました」

「初耳だぞ。ラウレンツは知っているのか？」

「先ほどの反応を見ると知らないようですね」

確かに知っていれば、わざわざ自分を卑下(ひげ)するようなことを言わなかっただろう。ジャレッドたちの知るラウレンツは前向きだから。

「お父上であるヘリング伯爵はご子息が魔術師としての経験を積む場を求めていましたので、こちらの提案には賛成でした。ですが、お母上が、そのなんと言いますか、ご子息を心配しすぎる傾向があるといいますか、その、お察しください」

「つまり過保護だと言うわけだな？」

「まあ、そういうことです」

身も蓋(ふた)もないラーズの物言いにデニスが苦笑して頷いた。

「ってことは、ラウレンツくんのお父様は賛成で、お母様は反対。だとしたら今回は、賛成されるんじゃないの？　だって、ラウレンツくん、お父様に書類を直接渡すんでしょう？」

「だろうな」

おそらくデニスはわかっていて父親に書類を出して了承を得るように言ったはずだ。確かに依頼を受けるなら家族の承諾が必要だ。

魔術師協会としては、これを機にラウレンツに依頼を与えたいと考えているのかもしれない。

「以前からヘリング伯爵から依頼を受けさせたいと打診されていました。友人のために共に戦いたいとなれば、危険な依頼であっても断ることはないでしょう。まあ、そのあとでお母上がどう出るかまでは知りませんが……そこはもう家族の問題ということで」

つまり家族間のことは当人たちに丸投げだ。

「あんた、結構ひどいな。だけど、本当にいいのか？　なにかあっても俺には責任がとれないぞ？」

「もちろん責任に関しては私が取ります。ヘリングさまはもちろん、マーフィーさまに万が一のことがあれば命をもって償わせていただきます」

「命って……、協会の人間は命をかけて魔術師育成に力を入れているって噂を聞いたことがあるけど、本当なんだな」

やや呆れたようにジャレッドが呟くと、躊躇いなくデニスは肯定する。

「私たち魔術師協会は魔術師のための組織です。魔術師を守りたいと考えていますが、組織が守ることが本当の意味で魔術師を守ることにはなりません。ときには危険を伴うことでも経験させなければならないのです。その上で、魔術師は成長します。しかし、協会員だけ安全であることは許されません。ですから私たちも同じように命をかけています。私たちはずっとそうしてきました。そしてこれからも変わりません」

そう言い残し、準備があるから、と一時間後にまたくることを約束してデニスは去っていった。

よくも悪くも魔術師協会の方針は変わっていない。よく言えば伝統を守っている、悪く言えば停滞しているとも言える。

少なくともジャレッドには魔術師協会の方針を否定することはできない。ただ、ラウレンツのことを考えると不安を覚えることも確かだった。彼が魔術師として優れていることは知っているが、反対する家族がいることを思うと、一緒に危地へ赴くことが正しい判断なのか迷う。

「友よ、心配なのはわかるが、危険を伴うことを承知でラウレンツは共に行こうとしているのだ。心配するなとは言わないが、責任を負う必要はない。ましてや守ってやろうなどとおこがましいことは考えるなよ」

ジャレッドの心情を読んだかのようなラーズの的確な助言に驚きながらも頷く。

確かに守らなければと思っていたが、ラウレンツは決してお荷物になるような魔術師ではない。そんな扱いをすれば、彼はきっと傷ついてしまう。

「わかってるよ。ただ、ラウレンツは俺が守る。あいつが俺を守ろうとしてくれているように。対等に思っているからこそ、助けあいたいんだ」

「それならば問題ない。二人揃って無事に帰ってこい」

「マーフィーくんもヘリングくんも、私たちが心から心配しているんだってことを忘れないでね」

「ありがとう、ラーズ、クリスタ。大丈夫、二人揃って無事に帰ってくるよ」

◆

一時間はあっという間に過ぎた。

竜種を相手にするわけだが、どれくらいの時間がかかるかもわからなかったので、携帯食を一週間分用意した。

一度、屋敷に戻って戦闘衣に着替え、武器を複数携帯することも忘れてはならない。

祖父母には魔術師協会から連絡がいっていたようで、魔術師としてするべきことをしなさいと言ってくれたが、内心の不安を隠せていなかった。相手は竜種だ、無理もない。無事に帰ってくることを約束して屋敷を出発した。

学園に戻ってくるとオリヴィエ・アルウェイの手紙を携えた水色の髪のメイド、トレーネ・グレスラーが待っていた。ハンネローネが心配していること、アルウェイ公爵領の助けになってくれることへの感謝を伝えられ、「どうかご無事に」とトレーネも案じてくれた。

オリヴィエからの手紙も同じ内容で、「わたくしの婚約者なのだから竜種に負けたら許さない、無事に帰ってきたら屋敷に顔を出すように」という内容が実に彼女らしい言葉で書いてあった。

それなりに心配してくれているのだと手紙から伝わってくる。少しだけ不安が薄れた。

落ち合う約束の、学園の広場に着くと、すでに全員が集まっていた。

「お待ちしておりました、マーフィーさま！」

大きな声を出して手を振るデニスの傍らには、彼の身長の二倍以上の体高を持つ飛竜が二体鎮座している。だが、敵意を感じることはない。

「協会が飼っている、飛竜を用意しました。アルウェイ公爵領まで一時間ほどでしょう」

調教された飛竜は主に従順になる。幼い頃から育てなければいけないという手間はかかるものの、飛竜に主と認識された者は竜騎士として認められる。

魔術師協会にも竜騎士がいることは知っていたが、まさかこの目で見ることができるとは思ってもいなかった。

「ジャレッド、待っていたよ」

「ラウレンツ……完全装備だな」

ラウレンツは深い緑色のローブを着込み、長身の彼と同じ長さの棒状の杖を持っていた。杖は魔道具だろう、強い魔力を感じる。振るえばそのまま武器にもなるだろう。ローブの下には同色の戦闘衣に身を包んでいる。

「お前も完全装備じゃないか……だが、魔術師というよりも、暗殺者に見えるぞ？」

「そ、そうか？　はじめて言われたんだけど……」

「マーフィーさま、協会員たちもヘリングさまと同じことを思っていましたが、人の趣味をどうこう言うのは躊躇われたので言いませんでした」

「今言ってるから！」

暗殺者と言われて少なからずショックを受けたジャレッドはそんなにおかしいのかと自分の格好を見回す。

軽量だが防刃効果のある繊維が使われているすぐれものの戦闘衣だ。伸縮性のあるハイネックタイプのニットシャツと、同じく伸縮性があり防御にすぐれたズボン。履きなれた頑丈なブーツ。膝上丈のコートタイプの上着を含め、すべて黒だ。

「そんなに変かな？」

「百歩譲って上から下まで黒なのはよしとしよう。だが、太もものナイフや、腰のショートソード、肩から下げている拳銃……ちょっと対人系の武装が多すぎるんじゃないか？」

呆れたようなラウレンツの言葉で、ようやく暗殺者と言われる理由がわかった。黒一色の衣類、持てるだけ持った武器。うん、たしかに暗殺者だ。

「趣味が悪いな、友よ」

「マーフィーくんの魔術師らしい姿を見たのははじめてだけど、はっきり言って全然魔術師っぽくないかな。どこに誰を殺しに行くのって感じ？」

「お、お前らも酷いな」

苦笑いするラーズとクリスタが、ラウレンツに続き酷いことを言ってくれる。

別に意図して暗殺者風にしたわけではないが、相手に見つからないようにするには黒がいちばんいいのだ。

実は、母がかつて身に纏っていたと思われる戦闘衣からアイデアをもらっていただけに、地味にショックを受けてしまっていた。

「さて、リラックスできたと思いますので——そろそろよろしいですか?」

「ああ、いつでも」

「僕も構わない」

デニスに問われ、ジャレッドとラウレンツは応じる。

何度も準備確認はしたので忘れ物はない。オリヴィエからの手紙は懐に忍ばせている。根拠のない風習だが、想い人や婚約者にまつわる物を身につけると戦場から無事に生還できるという。それに倣ってみたのだ。

「アルウェイ公爵領の現場までは、竜騎士二名がお送りします。竜騎士たちが風属性魔術師なので、防寒対策は必要ありません。食料もこちらで二日分用意しました。アルウェイ公爵家の援軍が到着するまで一日ほどですが、念のため多めに用意しました」

「助かる。携帯食しか用意してなかったんだ」

「すでに荷物は飛竜に積んでありますので、出発はすぐにでも」

「わかった」

返事をして、不安げに見守る仲間たちに向かい声をかける。

「行ってくるよ」

「心配しないでくれ」

言葉はあまり必要なかった。たった一言だけ。だが、こうして友人たちに見送られる出撃ははじめてなのでどこか気恥ずかしい。同時、嬉しくもある。

「友よ、無事を願っている」

「気をつけてね、マーフィーくん、ヘリングくん！」

「ラウレンツさま、ご無事で！　マーフィー、ラウレンツさまをお願いします！」

「ラウレンツさま、マーフィー、どうか無事に帰ってきてください」

ラーズが手を振り、クリスタが不安げに、ベルタとクルトが案じながら言葉をくれた。

ジャレッドたちは頷くと、竜騎士の手をかりて飛竜に乗る。

ザラザラした固い鱗に足を引っ掛けながら、背に乗り込む。

「では、お願いします！　少しでも早く、討伐部隊を送りますので、お二人ともどうかご無事で！」

デニスの言葉に返事をすると、竜騎士たちが飛竜を操る。飛竜は大きく咆哮すると、翼を羽ばたかせて巨体を浮かべる。

「おおおおっ！」

何度となく戦ったことがある飛竜だが、こうして背に乗るのは初体験であるため驚きが大きい。

「それでは出発します」

「お願いします！」

前に座る竜騎士の声に応じると、飛竜はまた大きく咆哮し、あっという間に学園の上空に飛翔（ひしょう）し、東に向かって飛び立つ。

見覚えのある街並みを空から見たのははじめてであり、竜種との戦いが待っているにもかかわらず心が躍（おど）る。今だけは、ジャレッドは空の旅を堪能（たんのう）するのだった。

◆

飛竜の背に乗った空の旅はあっという間に終わった。

アルウェイ公爵領は王都から遠くないこともあり、所用時間も一時間と聞いていたが、実際はもっと早く着くことができた。これは飛竜と竜騎士のおかげだろう。

しかし、早く着いたのはよかったのだが、問題も発生していた。

「うぉおおえええええええええぇっ――」

それは、離れた場所で嘔吐を繰り返すラウレンツの声。彼は乗り物酔い、いや飛竜酔いをしていた。

飛竜が乗り物であるかどうかはさておき、もともと船や馬車が得意ではないラウレンツは盛大に酔った。

飛竜から降りると一目散に木陰に入り嘔吐したのだ。これには竜騎士も苦笑いだ。彼らの話だと、飛竜に乗って酔った人間はラウレンツがはじめてだという。ジャレッドのように空の旅を喜ぶのが普通らしい。

竜騎士たちはすでに帰還している。飛竜は竜種にとって餌になることもあるので、いたずらに竜種を刺激しないための判断だった。

ジャレッドは竜騎士たちに感謝の意を伝え、飛竜にもありがとうと鱗を撫でた。

それがほんの数分前だ。

ラウレンツが落ち着くまで現状確認をすることにしたジャレッドは、荷物から地図を取りだして広げる。

はっきり言ってアルウェイ公爵領は広い。王都からそう時間はかからないといっても、あくまでアルウェイ公爵領土内に足を踏み入れるまでのことであり、目的とする町まではさらに時間を要する。

ジャレッドたちがいる場所は、アルウェイ公爵領のもっとも東側であり、竜王国との国境にも近い。

公爵領は全体的に豊かであり、王都に近いほうに民たちも密集しているのだが、小さな町は至る所に点在している。事前情報として国境付近の町がいくつか破壊されていることは聞いているが人的被害がどれくらいかはわからない。

魔術師協会が用意してくれた医療品もあるので、できる限り救える人は救いたいと思っている。

「うぷっ……すまない、もう大丈夫だ」

「本当か？　いきなり戦闘になる可能性もあるから、体調はできる限り回復させてくれ」

「問題ない。むしろ、動いていたほうがよくなる。それに、竜種を放置しておくわけにはいかないだろ」

「それはそうなんだけどさ……」

真っ青な顔をして問題ないと言われても説得力は皆無だった。だが、ラウレンツの言うことに一理あるのも確かだ。

しばし悩んでから、様子を見ながらゆっくり進むことに決めた。

「とりあえず水でも飲めよ」

投げられた水筒を受け取ったラウレンツは、口をすすいでから何口か水を飲み込む。

「……感謝する。行こう」

「わかった。まずは被害に遭った町に向かおう。十分も歩かない」

地図を片づけジャレッドたちは歩きはじめた。

すでに目的の町の惨状は飛竜の背から確認できていた。建物の多くは倒壊しており、酷い有様だった。

「竜種が確認されたという割には音がしないな」

「竜種のタイプにもよるんじゃないかな。空を飛ばれたら向こうが襲いかかってくるまでわからないし、もしかしたらどこかで昼寝している可能性だってある」

「眠っていてくれたらどれだけ安全か……正直、不安でしかたがない」

会話ができるほどまで回復したラウレンツの額には汗が浮かんでいた。

まだ四の月であるため暑くはないので、疑問に思う。

「ラウレンツ、大丈夫か？　汗が凄いぞ」

「緊張しているからだ！　むしろ、お前はどうしてそう平気なんだ？」

「そういえば初実戦だったっけ。緊張するのはしかたない、こういうのは慣れるしかないよ」

緊張による冷や汗なのだと聞くと、疑問が氷解した。誰でも通る道だ。ジャレッドもまた、初の実戦はひどく緊張したことを覚えている。

「お前も同じだったのか？」

「もちろん。いきなり単身で飛竜を相手にしたんだ。一匹だって聞いていたのに、近くに別の巣があってさ。死に物狂いで倒し終えてから数を数えたら三十体もいたから、よく生きてられたなぁと自分のことを感心したもんだよ」

「初実戦が飛竜三十体か……僕なら死ねるな」

「やってみれば意外と死なないもんだよ。死にたくないってがむしゃらだったから、恐怖は途中で消えた。そうすると不思議でさ、次に浮かんできたのは怒りだったんだ」

「怒りだと？」

懐かしむようにジャレッドは語る。

「ああ、怒りだ。情報が適当だった魔術師協会への怒り、裏づけをとらなかった自分への怒り、ひとりで飛竜一体くらい平気だと思った甘さへの怒り、すべてに怒りが湧いて、八つ当たりするように戦った。飛竜を殺しても怒りは収まらなくて、魔術師協会に乗り込んで依頼を担当した職員を本気でぶん殴ってやった」

「それは、なんというか、災難だったな」

「災難かもしれないが、俺にも責任はあったんだよ。まあ、一年も前の話さ」

「僕も早くジャレッドのように平常心でいられるようになりたいものだ」

「ラウレンツならすぐになれるさ。それに、はじめての実戦が竜種なんて俺よりも凄いからな。これからの依頼が、多分、大したことないと思えるんじゃないか？」

「ならばいいのだが……」

まだ不安そうなラウレンツを元気づけるように言葉を続けるが、彼の表情は曇ったままだ。

無理もない。初の実戦だ。緊張しないほうがおかしい。

なにもラウレンツは戦いの素人というわけではない。ウェザード王立学園では実習訓練も行っており、基本的には生徒同士の対人戦だが、ときには下位クラスの魔獣と戦うこともある。

しかし、ジャレッドにとっては生徒同士の対人戦のほうがよほど怖い。当然、ある程度は加減しているとはいえ、魔術とは純粋な力なのだ。ちょっとしたはずみで相手を殺しかねない。

学園の長い歴史の中で、訓練中の事故死は珍しくない。その多くが生徒同士の対人戦での事故なのだ。

それに比べれば攻撃することに遠慮も躊躇いも必要ない相手は、実に戦いやすい。

しかし、その考えはあくまでジャレッドのものであり、ラウレンツに押しつけることはできない。

「そういえば、よくご両親に許可がもらえたな」

「ん？　ああ、母上のことを誰かから聞いたのか？」

「聞いた。悪かったかな」

「いや、気にしなくていい。母上が過保護なのは昔からだった。だが、はじめてだ――あんなにも母上に反抗したのは」

足を進めながら、ラウレンツは少しだけ恥ずかしそうに笑う。

「僕は母上に逆らったことがなかった。おそらく逆らえないまま生きていくのだと思っていた。決して悪い母ではない、だが、心配しすぎるところがあるので少々重荷に感じていた。ベルタやクルトも幼少期から母によってつけられている。今でこそ大切な家族だが、当初は見張りのように思えて嫌だった」

「そんな母親にはじめて反抗できたってわけだ」

「自分でも驚いている。本当は父にだけ話をしようと思っていたら運悪く母も居合わせてしまったんだ。もちろん反対されたが、僕は意志を貫き通すことができた。母も父も驚いていたよ。だけど、反抗できてよかった。これで僕は僕として生きることができる」

どこか晴れやかな表情を浮かべるラウレンツには、今までない余裕が感じられる。

相変わらず初の実戦に緊張してはいるが、それとはまた違う人間的な余裕が確かにあった。

「そろそろ町が見えてくるはずだ。上から見た限りでも結構酷いことになっていたから、住人が無事ならいいんだけどな――っておい！　見えたぞ！」

「ああ。しかし、これは……」

森を抜けた二人が目にしたのは、蹂躙された町の姿だった。

建物のほとんどは倒壊し、見るも無残な姿を晒している。

「……あまりにも酷い。これが竜種なのか――僕たちはこんなことができる相手と戦うのか！」

ラウレンツの叫びが周囲に木霊した。ジャレッドはとっさに彼の口を押さえ、静かにするよう促す。

どこになにが潜んでいるのかわからない状況で大声を出すのはまずい。まだ町に竜種がいる可能性もあるのだ。

「町の様子を見に行くけど大きな声は出さないでくれよ」

ジャレッドとラウレンツは町に入ると、ちょっと離れて、それぞれ半壊している建物に逃げ遅れた人や取り残された怪我人がいないか確認しながら移動していく。

「誰もいないか？」

「駄目だ、僕のほうには誰もいない。そちらはどうだ？」

「こっちも同じだ。誰ひとりとしていない。おかしいな……」

「おかしい？　怪我人が誰もいないというなら住民は逃げだせたということだろ？」

「それはそうなんだけどさ……なんか違う気がするんだよな」

逃げ遅れた人も、怪我人もいないことではなく、この町そのものに違和感を覚えた。

ラウレンツに目配せしながらさらに町の中心部へと進む。やはり倒壊した建物はもちろん、無事な建物の中にも誰ひとりとしていない。

「なにか変だと思ったら……逃げた痕跡がないんだ」

「なんだと？」

たとえ竜種が襲ってきたとしても、人間は逃げる際になにかを持ちだそうとするものだ。

金品や思い出の品がいい例だ。

全員が全員、そうするとは限らないが、これまでのところ誰ひとりとして物を持ちだした形跡がない。もちろん、そんな暇がなかったとも考えられるが、違うと思えてならない。

他にも違和感はある。血の一滴も落ちていないのだ。

魔獣が町を襲撃すれば誰もが逃げる。自警団などは立ち向かうかもしれないが、おそらく住民の一部であり戦いが専門の兵ではない。自警団を信じて危険地帯に留まるようなことはしないはずだ。

逃げようとすればパニックになり、我先にと逃げだす者もいる。

転ぶ者もいれば、逃げ遅れて怪我を負う人だって出る。死者だって出る。それが魔獣の襲撃だ。ジャレッドは何度もそんな嫌な光景を見ている。

しかし、この町には、魔獣よりも恐ろしい竜種が襲ってきたにもかかわらず、襲撃の痕跡がないのだ。

建物は倒壊しているし、地面も砕かれている。相当大きな竜種が暴れたのだと判断できるが、それだけだ。

「事前に危険を察知して逃げることができたのかもしれないぞ？　僕としては住民が全員無事であることを祈るよ」

ジャレッドが違和感について説明すると、ラウレンツがそう推測するが、やはりなにかが違う。

「俺だって住民が無事ならそれでいいんだ。とにかく進もう。もし、住人が無事ならそれを確認したい」

二人は町の中心部にたどり着くと、顔をしかめる。

元は美しい街並みだったのだろう。商店が並び、広場には噴水と花壇が設置されている。住民たちの憩いの場だったかもしれない。だが、すべてが破壊されていた。

「酷いな……これが竜種の襲撃か」

「ここまで酷いのは俺も見たことがない」

「人的被害が見つかっていないだけ、よいことだと思うべきなのか?」

「わからない」

広場の奥へと進もうとしたそのとき、

「ジャレッドッ！　もの凄い量の血だ！」

目の前に大量の血が広がっていた。

ひび割れた地面に赤い液体が池のように広がっている。よく見れば、周囲の建物の残骸にも赤い飛沫が飛び散っていた。

「まさか、多くの犠牲者がでているということか?」

「いや、違う。これは竜種の血だ。触れてみろ、魔力を感じる」

ジャレッドが指摘すると、恐る恐るラウレンツが竜種のものと思われる血液に触れる。

「……たしかに魔力を感じる。触れなければわからないが、かなり濃厚な魔力だ。間違いない、これは人間の血ではないな」

竜種のみならず、魔術を使える魔獣の多くは人間よりも魔力が濃い。魔力の濃さが強さに比例するわけではないが、魔獣が獣ではなく魔獣と呼ばれる所以は魔力を有しているからだ。

対して人間は魔力が薄い。大きな魔力量を保持している魔術師であってもそれは変わらない。

なぜこうも人間と人外で違いがあるのか不明だが、こういう場面での判断材料になるので実にありがたかった。

「おそらく竜種は手負いだな。人を襲うために町に現れたというよりも、なにかに傷つけられ逃げてきた結果、この町にきてしまったと考えるべきかもしれない」

「住民にとってはいい迷惑だ」

「違いないな。早く住民を探そう」

血の池を飛び越え、ジャレッドたちは走る。

少しでも早く住民たちを見つけて保護したい思いから、自然と足が速くなる。

この町は森に囲まれており、一部森を切り開いて畑にしていた。アルウェイ公爵領はどの町も街道でつながっているためある程度は発展しているが、それでもかなり田舎だと思える。王都で暮らしているジャレッドにとっては森に覆われた辺鄙な町という印象しかない。

竜種が流したと思われる血を辿っていくうち、畑を通過した。

「見つけたぞ！」

畑を越えた先に、開拓中なのだろう木々を切り倒した開けた場所があった。そこに住人たちが集まっているのを見つけた。

大きく安堵の息を吐き、住民へと近づいていく。しかし、

「近づくな！」

住民たちからの第一声は——拒絶の声だった。

ジャレッドとラウレンツは慌てて足を止めると、敵意を持っていないことを知らせるために両手を上げた。

「また冒険者か！　好き勝手やりやがって、いい加減にしろ！」

だが、住民たちの警戒は解けないどころか、冒険者と勘違いされる始末だ。

青年たちが槍を構えて切っ先をジャレッドたちに向けた。彼らから明確な敵意が伝わってくる。

「僕たちは冒険者じゃない！」

「俺はジャレッド・マーフィー。魔術師協会から派遣された魔術師だ。この町が竜種に襲われたと聞いて、先ほど到着した。怪我人がいるなら手当てをする」

「僕はラウレンツ・ヘリング。同行者だ」

「信じられるか！　魔術師も冒険者になるだろ！　お前たちだって、なにをするのかわかったもんじゃない！」

よほど冒険者に思うところがあるのか、青年たちの怒りの色は濃い。彼らの背後にいる住民たちも怯えたような目でこちらを見ている。

「野蛮な冒険者と一緒にするな！　僕たちは誇り高き魔術師だぞ！」

「だったら信用できる証拠を見せろ！」

証拠と言われても魔術師協会から書類もなにも受け取っていない。普段なら依頼主と確認を取るため書類が用意されるのだが、今回はアルウェイ公爵からの火急の依頼だったためその種の書類を貰っていないのだ。

「証拠になるものを持ってきていないのか？」

「残念だけど持ってない。どうしようかな……よほど冒険者に恨みでもあるんだろ。下手なことをしたら串刺しだぞ」

「そんなの僕はごめんだぞ！　竜種ではなく助けにきたはずの住人に殺されるなど、あってはならない！　――そうだ、生徒手帳を見せればいい」

「生徒手帳？」

「僕たちの身分が明らかになるのは間違いないだろ！　王立学園の生徒手帳を偽造する馬鹿はいないのだから、間違いないだろ！　まさか、持っていないのか？　生徒は普段から生徒手帳を持ち歩けと校則にあるだろう！」

そんな校則を守っている奴はわずかだ、と言いたくなったが、実はジャレッドも持っていた。

懐から生徒手帳を取りだすと、青年たちに向けて揃って投げる。

「――っと。なんだ、生徒手帳。はぁ、お前ら王立学園の学生なのか……って、ああああっ！」

「どうした!?」

「こいつら、いや、違う、この方たちは、ヘリング伯爵とダウム男爵のご子息だ！」

青年たちの反応を見て、なるほど、とジャレッドは生徒手帳を見せることを提案したラウレンツの意図を悟った。

確かに身分は明記されているが、逆に、若造が派遣されたことに不信感を抱かれるのではないかと不安だった。しかし、ラウレンツの目的は、自分たちが貴族であることを明かすことだったのだ。

男爵家だとさほど効果はなかったかもしれないが、伯爵家の名は大きい。そして、ラウレンツの読み通り、効果があった。

「ど、どうする、貴族に槍を向けちまったぞ！　っていうか、今も向けてるし！」

「知らねえよ！　槍を、放すか？」

「もう遅えだろ！　俺たちはおしまいだ……」

いや、効果がありすぎた。

槍を構えている青年たちはこちらが気の毒になるほどうろたえており、中には貴族を害そうとしたと気づいて絶望している者までいる。

「先ほども言ったが、僕たちは町の人を助けにきたんだ。槍を向けられたくらいで罰したりしない！　見くびるな！」

「話がしたい。とりあえず、俺たちが敵じゃないということを理解してほしい。そして、責任者――町長に会わせてほしい。事情が知りたい」

「……わかりました。事情をすべてお話しします。ですが、ここでは魔術を使わないでください。女子供が怯えていますので」

「約束します」

「僕も使わないと誓おう」

ジャレッドたちの返事に青年たちが安堵したそのとき、

――ぐぉおおおっるるるるるるるっ！

地響きのような唸り声が住民たちの背後から聞こえた。

「な、なんだ今の唸り声は！」

「魔獣、いや違う――まさか！」

ジャレッドは止めようとする青年たちを押しのけて、住民たちをかき分けて進む。

「おいおい、嘘だろ？」

住民たちの背後には、開けた場所に横たわり腹部から背にかけて血を流し続ける竜種の姿があった。

住民たちが、タオルで必死に血を止めようと傷口を押さえている。

「……竜種を守っていたのか？」

信じがたい光景に唖然としながら、ジャレッドは疑問の言葉を絞りだしたのだった。

◆

「魔術師さま、どうかあの子に危害を加えないでください」

「誰だ？」

「私は、このアッペルの町の町長をしております、ジーモン・アッペルと申します」

声をかけてきたのは、白髪交じりの五十代の男性だった。

体格がよく長身で、平均的な身長よりも少し高いジャレッドを越えているから、たぶん百九十近いだろう。

畑仕事のおかげか、もしくはなにかしら腕に覚えがあるのか筋肉質な体は町長というよりも戦士と名乗られたほうが納得できそうだ。

「どういう、ことだ？」

ジャレッドには目の前の光景が受け入れがたかった。

自分たちは町を襲った竜種から住民を助けるはずだった。しかし、実際は住民が竜種を守っている。

「頼む、説明してくれ」

「もちろんです。ここでは住民たちの視線が気になるでしょう。お連れ様と一緒に、町へ戻りましょう」

断る理由もなく、同じく驚きに啞然としているラウレンツとともに住民たちから離れていく。少なくとも、住民が竜種を危険視していない以上、無理に手を出す必要はない。

町に戻り、無事な建物の中に入る。そして、置いてあった椅子に座らせてもらう。

「お茶を淹(い)れますので、少々お待ちください」

「そんなことはいいから事情を早く話してくれ」

「……そうですね。そうしましょう」

ジーモンは手に持っていたポットを置き、ジャレッドたちと向かいあう形で座った。

「若い衆とのお話は聞こえていました。貴族さまがわざわざ私たちのためにきてくださるとは、感謝申し上げます」

「俺たちは貴族としてではなく、魔術師協会から派遣された魔術師としてきましたので、丁寧(ていねい)

な態度をとる必要はありません」

「ですが、町のためにきてくださった方へ誠意を尽くすのは当たり前です」

「わかりました、ご自由にどうぞ。では、なにがあったのか話してください」

ジャレッドが促し、ジーモンが語りだす。

「事の始まりは昨日のことでした。冒険者を名乗る五人組が現れ、あの子を――いえ、竜種を襲ったのです。竜種は抵抗したのですが、まだ幼く強くなかった。そのため深手(ふかで)を負ってしまいました。痛みで暴れたあの子に冒険者たちは追い打ちをかけ、とどめを刺そうと町の中で戦闘を始めたのですが、我々が竜種を守り、裏手の畑に逃げていたのです」

「だから冒険者は嫌なんだ。野蛮で、悪どい！　理由はどうあれ、民を巻き込んでまでなにがしたかったのだ!?」

憤(いきどお)るラウレンツにジャレッドも同意した。

「目的は金銭でしょう。以前、竜種はお金になると聞いたことがあります」

町長の推測に納得した。

「おそらくそうでしょうね。ですが、人間に害をなさない竜種を無闇(むやみ)に狩(か)ることは禁じられているのを冒険者なら知っているはず。知っていてルールを無視している可能性が高いな」

「ルールを無視しているに決まっている！　町で戦闘行為をした愚(おろ)か者が、ルールを守るはずがない！」

竜種は金になる。そのことはジャレッドもよく知っている。

鱗や骨格はもちろん、高く売れるし、肉も味が良質で長寿の薬になると嘘か本当かわからない噂まである。討伐対象となった竜種を倒すと、どこからかそれを聞きつけた商人が待ち構えていることは珍しくないと聞く。

以前、ジャレッドが飛竜を倒したときも、商人が死体を売ってほしいと待ち構えていた。もちろん、魔術師協会から死体処理を専門に扱う人間が派遣されてくることは知っていたので断った。

飛竜でもしつこく売ってくれと頼まれたことを思いだすと、竜種の価値は相当な額になるはずだ。

冒険者は依頼を受けて日々の金を稼いでいる。竜種を倒すことができれば、名も売れるし金にもなる。

「冒険者を五人も相手にしてよく追い払えましたね」

「ええ、今思えば無謀なことをしたと思いますが、あの子も大切な住人です。守ることに誰も反対はしませんでした」

ジーモンは満足げな表情を浮かべている。町が破壊されてもなお、悔やむ気持ちがないようだ。正しいことをしたという自負を持つ人間の顔をしていた。

「人的被害があったと聞いたが、そのあたりはどうなんだ?」

「おそらく、この一件を領主様にお知らせすべく遣わした者が冒険者の剣士に斬られましたので……そのことかと思われます。竜種による被害は建物だけです」

「斬られた方の具合は？」

「隣町で無事に保護されたと連絡がありましたので、そちらにお任せしています。幸い、生命に別状はないようで安心しました」

ジャレッドたちも胸を撫でおろす。

竜種が暴れたにもかかわらず死者が出ていないことは奇跡的だった。町全体の被害は大きいが、すべてが竜種のせいじゃないこともジーモンの説明でわかった。

人的被害が人間の手によるものだということが悔やまれる。ときには魔獣や竜種よりも人間のほうがよほど恐ろしいのだということを痛感せずにはいられなかった。

「竜種について聞きたい。僕はさっきから町長が竜種のことをあの子と言っているのが気になるのだが、そのあたりについて説明してもらえないか？」

ラウレンツの疑問に、町長は嘘偽りなく答えていく。

「はい。あの子は、この町を囲む森の中で暮らす幼い地竜です。三年ほど前でしょうか、あの子が森で迷子になった子供を背に乗せて現れたときには、住民全員がたいそう驚きました」

「……でしょうね」

むしろ、その時点で領主に報告しなかった理由が気になる。

「あの子はあまりにも人懐っこく、まだ幼かった。万が一を考え、家族を捜したのですが、どれだけ捜しても見つかりませんでした。きっと寂しかったのでしょう。私たちがここで生活をしていると知ると、頻繁に現れました」

「は、反応に困るのは僕だけか？」

「大丈夫、俺も十分すぎるほどリアクションに困ってるから」

はっきり言って寂しがり屋な竜種など聞いたことがなかった。とはいえ、竜種については知らないことばかりであるのも事実。

竜種は竜の下位種であり、竜は人間と同等の知性を持っている。ならば、知能は人間に劣っていると言われる竜種にも感情があり、きっかけさえあれば人間と親しくすることもできるのだろうが、実際にできるかどうかまではわからない。

人間に善人と悪人がいるように、竜種にも害になるものとならないものがいるはずだ。そして、この町に住まう竜種は人間たちと共存ができる気性だったのだ。

「住民たちもお二人のように対応に困っていました。しかし、あっという間に子供たちがあの子と仲よくなってしまいまして。子供というのはちゃんと善し悪しがわかるのでしょうね。竜種が自分たちにとって安全だとはじめからわかっていたようでした」

「そして、今では住民すべてが受け入れている、ということか？」

「はい。地竜であるあの子は、まだ幼いからというより、もともとおとなしく、草食でもあるので住民は一安心しました。とはいえ、竜種は竜種というべきなのでしょう、あの子が町に現れるようになってから獣や小型の魔獣が一切姿を見せなくなりました」

魔獣の中にも竜種に匹敵(ひってき)する強さを持つ種類もいるが、それらは、まずこのように人が生活しているところにはいない。

子鬼たちは言うまでもなく、飛竜でも竜種には歯が立たない。危険を察知した魔獣たちが町の周辺からいなくなるのは必然だった。

「今ではもうあの子は町の住人です。大切な隣人なのです。なので、今回の冒険者たちがしでかしたことは同じ人間としてあの子に申し訳がない！」

「ラウレンツ、あのさ……」

「言うな。僕も同じことを考えていた」

どうやら二人の考えていることは一緒だったようだ。

つい先日まで友人とはいえない関係だったのが嘘のように、気持ちは同じだった。

「あの……？」

「俺たちは決めた」

「今から僕たちも、竜種の手当てを手伝おうと思う」

ジャレッドたちの申し出にジーモンは心底(しんそこ)驚いた顔をして、震える声で問う。

「……本当によろしいのですか？」

「よろしいもなにも、俺たちはこの町の住民を守るためにきたんだ。その竜種はこの町の住民なんだろ？」

「なによりも幼い子供だ。守らなければならない」

「ありがとうございます！　ありがとうございます！」

ジーモンは深々と頭を下げて心から感謝する。まさか、竜種を含め自分たちを守るなどと言われるとは思ってもいなかったはずだ。ゆえに、感謝も大きい。

ジャレッドたちは、自分たちがした選択が間違っていなかったと思う。

「その前に、ひとつだけ聞きたいんだけど、どうしてアルウェイ公爵に竜種のことを言わなかったんだ？」

「その、貴族様を前にこんなことは言いたくないのですが、退治されてしまうと思いました。一般に、竜種が危険であることは承知しております。私たちがどれだけ説明しても対応は変わらないだろうと。ですから、隠していたのです」

その結果、冒険者がどこからか嗅ぎつけ現れてしまった。町は破壊され、すべて竜種のせいになってしまったのだ。

「そのことに関しては、冒険者を捕らえればいいと思う。アルウェイ公爵領は竜王国と国境を接している。いたずらに竜種を退治したくはないはずだ」

「だな。もとを正せば冒険者が悪い。俺も事が済んだら、魔術師協会に事態が悪くならないように相談してみるよ」

「重ね重ね、感謝致します。きてくださったのがあなたたちで本当によかった！」

「礼はすべてが片付いてからにしてくれ。ラウレンツ、応急処置はできるか？」

「人間に対してなら学んでいるが、竜種にどこまで通用するのかはっきり言ってわからない」

荷物の中を確認しながら、包帯や痛み止めを取りだしていく。包帯は数が足りないし、痛み止めが竜種に効くのか試してみないとなんともいえない。

「いっそ、無理やりにでも傷を縫うしかないんじゃないか？」

「竜の鱗に針が通るかよ……いや、相応の物を用意すればいけるか……」

「あの、どうしましたか？」

「応急処置ならなんとかなりそうだ」

不安げに尋ねてくるジーモンを安心させるように、力強くジャレッドは伝え、竜種のもとへ戻ることにした。

◆

当初、ジーモンと一緒に戻ってきたジャレッドたちを警戒していた住民たちだったが、町長自ら説明してくれたおかげもあって竜種に近づくことが許された。

予想以上に竜種は重症だった。出血も多く、住民たちがなんとか血を止めようと努力していなければ今ごろ息絶えていた可能性だってあったはずだ。

竜種に「頑張れ」と声をかけ続けていた子供たちがジャレッドたちに気づいて、助けてくださいと頭を下げた。

心から竜種を案じている子供たちを見て、治療するという選択肢をとってよかったと心底思う。もしも、ここで退治することを選んでいれば一生恨まれただろう。

「……僕が想像していたよりも鱗が固い。だが、やはり傷を縫わなければ危険だ」

「地竜は空を飛べない代わりに、体が他の竜種よりも固いと聞いたことがある。飛竜の皮膚はもっと柔らかかった」

「ならどうする？」

「こうするさ」

ジャレッドは魔力を練ると、地精霊に干渉する。精霊たちは魔力を与えることで力を貸してくれるのだ。精霊が精霊を呼び、ジャレッドの周囲が淡く光るほど集まってくる。

与える魔力が大きければ大きいほど多くの精霊を呼ぶことができるのだ。

普段は視認できない精霊たちも、魔力を得て力を貸そうとすることで淡く発光する場合があるが、それは術者の魔力量に左右される。

つまり、ジャレッドが今解放している魔力が相当大きいことを示している。

「――でたらめな魔力量だ。これでは、もう嫉妬もできない」

呆れたように言い放ったラウレンツに対し、住民たちは驚きと不安のどよめきをあげている。

竜種は地竜だけあって地精霊に気づいたのだろう。やや警戒しているようだが、敵意がないことが伝わったのか暴れる気配はない。信頼している住民たちが見えるところにいることも理由だろうが、精霊からジャレッドたちを安全だと悟ったのかもしれない。

竜種は人間や魔獣よりも、精霊に近い。竜種を研究する魔術師が、竜種は精霊と対話ができると発表していたことを思いだす。

竜種が使う強力な魔術は精霊との対話によるものであり、自然と意思疎通できるため、詠唱もなにも必要とせず、ただ魔力を与えるだけで力を行使できるのだと推測されている。

ジャレッドには竜種の生態などわかるはずもないが、少しでもこちらを信用してくれるならそれでいい。

腹部から背にかけてざっくり切り裂かれ、未だに血を流し続ける竜種が暴れでもしたら、それこそ生命に関わってしまう。

「精霊たちよ、我に力を貸し与えたまえ――」

短い詠唱に精霊たちが応える。

精霊たちはジャレッドの望む通りに力を貸してくれた。

パキパキと音を立てて現れたのは黒曜石の槍。ジャレッドが頻繁に使う魔術のひとつだが、今回はその簡易版だ。

普段なら二メートルの槍を数多精製し、自らが振るうか、放つなどして攻撃するのだが、今回は違う。

片手に収まるサイズで、太さも親指程度しかない。だが、強度は竜種の鱗を貫くことを想定して生成した。精霊たちに干渉して、普段精製する槍を凝縮してもらったのだ。ゆえに強度は抜群だ。ご丁寧に糸を通す穴まである。

鋼でもよかったのだが、地竜は草や石を糧にしていると知識として知っていたので、万が一折れたり砕けたりした場合を考えて極力害のないものを選んだ。

正直言えば、黒曜石の槍か鋼の槍の二択しかないので、自然と黒曜石の槍を選ぶしかなかった。

もっと気の利いたものを精製すればいいのだが、今はその余裕がない。普段使い慣れているものが一番だと判断したのだ。

「ラウレンツ、土人形を何体呼びだせる？」

「余力を残しておきたいから五体が限界だ」

「さすがだな。五体呼びだして、竜種の体を押さえてくれ。きっと暴れるから」

「麻酔なしで縫うならしかたがない。それに、子供らしいからな。僕だって麻酔なしで体を縫われたら間違いなく暴れる」

「俺たち酷いよなぁ」

だが、竜種に通用する麻酔など知らないし、あってもすぐには用意できない。

住民たちには竜種が痛みで暴れることを伝え離れていてもらう。五メートルを超える巨体を持つ地竜が暴れればどうなるか想像するまでもない。子供とはいえ竜種は竜種なのだから。

「どうやって縫うつもりだ？」

「糸の代わりに植物を使う。地竜の住処に生える餌にもなっている頑丈なのがちょうどあるんだ」

「それはわかるが、僕が聞きたいのはジャレッドが直接縫うのかということなのだが……」

「それしかないだろ。正直、竜種の治療なんてできないけど、見るかぎり臓器には傷がないから、出血さえ止めればいい。焼いてもいいんだが、それだとダメージが大きくなるから――手縫いだ」

問題は黒曜石の槍が竜種の鱗を貫けても、ジャレッド自身の力がどこまで通用するかだった。

竜種には申し訳ないが、やってみるしかない。

糸代わりにする植物を発芽させながらジャレッドは竜種の眼前に移動する。

「言葉が通じるみたいだから説明するけど、今からお前の傷を縫う。針代わりに黒曜石の槍を、糸代わりにお前もよく知っている植物を使う」

本当に理解できるのか不安だが、いきなりやるよりはマシだと思って説明を続ける。

「血を止めるために傷を縫うけど、かなり痛むぞ。だけど、我慢しろ。お前がオスかメスかわからないし、子供に無理を言っているのは自覚しているけど、耐えろ。俺の友達がお前が暴れられないように押さえるけど、限界だってある。万が一、お前の好きなみんなが怪我したら嫌だろ？」

頷くことはなかったが、小さく唸り声が返ってくる。

「返事をしたと判断したからな。できるだけ、時間をかけずにやるつもりだ。だから我慢してくれ」

再び唸り声が聞こえる。

ジーモンが言った通り、本当に人語が理解できるのだとジャレッドは驚いた。こんな状況でなければもっと会話をしてみたかったが、元気になればできるはずだ。

「頑張れよ」

そう言って頭を撫でると、ゴツゴツとした手触りが心地よかった。

再び傷口に向かうジャレッドは、まず確認作業から行う。地竜なので傷口に土が入っても平気かもしれないが、確証がないので綺麗にしなければと思った。だが、住人たちがタオルで覆ってくれていたおかげか汚れはない。

「ラウレンツ、頼む」

「任せろ！　――いでよ、僕のかわいい土人形たちよ！」

ラウレンツの体内で練られた魔力が地面に流れ込み、一体、また一体と土人形が現れていく。三メートルほどの土人形が五体、竜種を取り囲むように並ぶと、住民たちから驚きの声があがった。

数百年前には土人形のさらに上位である自立した意識を持つ『ゴーレム』を召喚する魔術もあったらしいが、現代ではその方法はわからなくなっている。地属性魔術師の多くはゴーレムを復活させることを夢見ているため、似た魔術である土人形を操ることに力を入れるのだ。

土人形は術者との間に繋がれた魔力の糸で操ることができるのだが、その間術者が棒立ちとなる弱点もあるため戦場では多用されない。しかし、ラウレンツのように五体同時に操ることができる魔術師なら、一体二体を召喚しても動くことはできる。だが、それはラウレンツが地属性魔術師としての才能に恵まれ、努力を怠らないすぐれた魔術師であるからだ。一般的な地属性魔術師ではそうはいかない。

「準備はできたぞ、いつでもいける！」

「ああ、頼む。本気で暴れると思うから、押さえつけていてくれよ！　ジーモンさん！」

「は、はい！」

背後で見守っているジーモンに声をかける。まさかこのタイミングで声がかかるとは思っていなかったらしく、ジーモンから慌てた声が返ってくる。

「心配なのはわかるけど、もう少しだけ離れてくれ。それと、痛みで暴れると思うから、危険だと判断したらもっと距離を取ってほしいんだ！」

「わかりました！」

ジーモンだけではなく、周りの住民たちも頷いたことを確認して、黒曜石の槍を構える。

「はじめるぞ！」

竜種にも聞こえるように大きな声をだすと、目の前の巨体が強張ったのがわかった。

ラウレンツが操る土人形が竜種の首、体、足、尾を押さえつけていく。しっかり拘束された竜種の腹に、躊躇いを一切見せることなく槍を突き立てた。

刹那、地鳴りのような叫びが竜種から放たれる。痛みから逃げだそうと苦しみもがくが土人形が押さえつけているので被害はない。

「ジャレッド！　かなり力が強い！　いつまで保つかわからないぞ、できるだけ急いでくれ！」

弱っている状態でもかなりの力を見せた竜種にラウレンツが悲鳴をあげた。

もしも万全な状態の竜種と戦うことになっていたらと思うと、冷や汗が流れてくる。

そんな思考を振り払い、少しでも早く傷口を縫い終えるためジャレッドは血に塗れた腕に力を込め続けるのだった。

◆

応急処置は無事に終わった。

気づけば日も沈みかかっており、三時間以上の間、竜種の治療にかかりっきりになっていたようだ。

ジャレッドもラウレンツも疲労困憊となり地面に横たわっている。黒曜石の槍は何度も折れ、最後の一本まで消費して竜種の傷を縫い上げた。

「た、体力がもうない……拳が、握れない」

「ぼ、僕も魔力が残ってないぞ……暴れすぎだ、さすが竜種……」

ジャレッドは集中力と体力を大きく消費していた。一心不乱に傷を縫って血を止めることだけを考えた結果だったが、おかげで右腕は未だに小刻みに震えており指一本動かすことも苦痛だった。

ラウレンツの場合はもっと酷い。痛みに暴れようとする竜種の巨体を、ひたすら土人形を操り押さえ続けたのだ。常に魔力を消費しながら操らなければならない土人形を五体休みなしで三時間以上は、日ごろの訓練の比ではないほど辛いものだった。

そんな二人の努力があったからこそ、応急処置は成功したのだ。

出血の止まった竜種は寝息を立てている。

「竜種と戦うつもりできたのに、まさか助けることになるとは思わなかったな」

「同感だ。しかし、まだ問題も残っているぞ」

「冒険者だな。ったく、俺も今まで何回か依頼で鉢合わせたことがあるけど、あいつらはとにかく金、金、金、だから嫌になる！」

「依頼で生計を立てているのだからしかたがないとはいえ、今回のような人的被害が出たことは見過ごせない」

ラウレンツの言うとおり、多くの冒険者が依頼で生計を立てている。魔術師と違い、誰でもなることができる冒険者は、それこそ飼い猫捜索から竜種退治まで依頼の幅は広い。しかし、依頼だからといって他人を巻き込んでいいわけはない。

町長ジーモンの話を聞く限り、冒険者たちは自分たちのことしか考えていなかったと思われる。仮に竜種と町の中で戦うにしても、住民を避難させるなど優先してやるべきことは山のようにあったはずだ。だが、彼らはそれを怠った。許されることではない。

「とりあえず、冒険者を捕まえてアルウェイ公爵に裁かせるしかないだろ」

「それが妥当だな。おそらく冒険者たちは牢獄行き決定だ。ここまでの被害を出した原因を作ったのだからしかたがない。アルウェイ公爵は優しくも厳しいお方だと聞いているが、いきなり斬首はないと思いたい」

ジャレッドは、住人同然の竜種を傷つけられ、町を破壊する原因となった冒険者に対する住民たちの怒りのほうが、アルウェイ公爵よりもよほど怖いと思った。

今はまだ、竜種を案じているだけの住民たちだが、いつ感情が爆発するのかわかったものではない。冒険者を捕まえるのは、住民たちが騒ぎだす前に終わらせたいと思う。

仮にも竜種を五人で追い詰めた冒険者がおとなしく住民の怒りを受けるとは思えない。下手をすれば住民から死者がでる可能性だって考えられるのだ。

「冒険者たちもおとなしく捕まることはないだろうな。どちらにしても冒険者としては終わりだ。冒険者ギルドだって、町を壊滅させた原因を作った者を守るはずもない。奴ら、死に物狂いで抵抗するぞ」

「……竜種と戦うはずが冒険者と戦うことになるのか」

うんざりとため息混じりの声をだすラウレンツにジャレッドは苦笑いした。

勝てるかどうかもわからない竜種を相手にする危険はなくなったものの、疲弊(ひへい)した自分たちが冒険者を五人も相手にするのはいささか荷が重い。

最悪の場合は住民たちと竜種を守りながら戦わなければならないことを考えると頭が痛くなる。

近くに別の町があればいいのだが、隣町までの距離はそれなりにあるらしいので今さら避難は無理だ。

竜種から離れようとしない住民たちを思えば、この町以外に居場所がない竜種を残しては動かないほうがいいだろう。

「うわぁ、もうきやがった……」

「ジャレッド？」

嫌々立ち上がり、戦闘衣についた土埃（つちぼこり）を払うジャレッドに視線が集まった。

「あの、貴族さま、どうかしたのでしょうか？」

「残念なお知らせだけど、冒険者たちがきた。町の入り口に……三人いるな」

「おそらく暗くなったのを見計らって現れたんだろうな。卑怯（ひきょう）な奴らめ」

毒づきながらラウレンツも立ち上がるが、消費した魔力がすぐに回復するはずもなくまっすぐ立っているのも辛そうだ。

「わ、私たちはどうすれば？」

「ここで竜種を守っていてほしい。俺が迎え撃つ」

「僕たちが迎え撃つ、だ」

ジャレッドたちの言葉に、住民たちが驚きざわめく。無理もない。疲弊しきった二人の姿を今まで見ていたのだ。

するとと、住民たちの中から手があがる。

「あの、俺たちにできることは？」

声の主は、ジャレッドたちに槍を向けた青年だった。

「手を貸してもらえるなら、ぜひ貸してもらいたい。ただ、危険が伴ってしまうことを覚悟してほしい」

「危険を覚悟することなら、冒険者が襲ってきたときにできています！」

「なら頼む。俺たちは冒険者を迎え撃つ。だけど、話に聞いていた五人のうち三人しか現れていないことが気がかりだ。だから、この場で住民たちと竜種を守ってほしい」

「そ、それだけでいいんですか？」

青年は若干拍子抜けしたようだが、決して簡単なことではない。

「ただし、俺たちが冒険者を三人相手にしている間は万が一のことがあっても助けにくることはできない。今からじゃ隣町に避難はできないし、竜種を残して避難する気はないんだろ？」

「ありません。彼は大切な住人ですから」

「だからこそここを頼みたい。本当なら俺たちのどちらかが残るべきなんだろうけど、残念ながら本来の力を出せない状態で情報不足の相手と戦うことは不安が残る」

「すまないとは思うが、僕たちは負けるわけにはいかないんだ。なんとか耐えてくれ」

無理を言っている自覚はジャレッドにもラウレンツにもあった。

感じる気配は町の入り口に三人だけであり、他にはいない。隠密性に長けた者がいたらと思うと怖いのだが、可能性だけで行動できない。

ジャレッドたちにとって住民を守ることが最重要である。冒険者たちが、あとがないと自覚しているかどうかで話も変わってくるが、眠っている竜種を見つければ目の色を変えて襲いかかってくるはずだ。竜種さえ仕留めれば、冒険者としての資格を剝奪されても金は入るのだから。

自棄を起こされ住民たちを巻き込むことが一番怖いため、冒険者から住民を極力遠ざけるのが賢い選択だ。助力を申しでてくれた青年も、必要がなければ戦わないでほしい。そのために、守りを任せたのだ。

「いつになるのかわからないけど、アルウェイ公爵と魔術師協会が応援をよこしてくれる手はずになっている。遅くとも明日にはくると思う。俺たちも尽力するから、一緒に乗り越えよう」

ジャレッドは青年に手を差しだし握手を求める。青年は強くジャレッドの手を握りしめた。

「俺たちの町のためにありがとうございます！」

続いてラウレンツとも握手を交わし、青年は仲間を集めだした。

「不安は残るけど、なんとかなると思いたいな」

「問題は冒険者を相手にして、今の俺たちが勝てるかどうかだ。消費した魔力は？」

「この短時間で回復できるなら僕は今ごろ宮廷魔術師だ。余力をすべて使うとしても五分の一も残っていない。ジャレッドこそどうだ？」

「魔力の消費はほとんどないけど、右腕の感覚が戻らない。全体的に体力を奪われたから、普段よりも魔術も行動力も質が落ちると思う」

　正直、不安要素しかない。

　わかっているのは相手の数だけ。しかも、五人の内二人が姿を見せていない。

　冒険者たちの実力は予想できるが、推測の域（いき）をでないし、冒険者がどのような戦い方をするのかも不明なのだ。

　だが、やるしかない。

「冒険者たちだって竜種を相手にしたんだ、万全ではないはずだ」

「ああ、泣き言はやめよう。じゃあ、冒険者退治といきますか」

　竜種を守るため武器を持った青年をはじめ、住民たちが立ち向かおうとしている姿を見て、ジャレッドたちも気力を振り絞って戦いに赴（おもむ）くのだった。

◆

「剣士が二人、魔術師がひとりか……ずいぶん苛立（いらだ）った顔をしてるな」

「よく見れば装備も哀れなほど朽（く）ち果てている。おそらく竜種にやられたんだな。そして、急に現れた僕らを見て、面倒（めんどう）なことになっているのを察したんだと思うぞ」

鋼の鎧を着込み長剣を構えた剣士が二人、兜を被り顔が見えない者と、額に赤い布を巻いた茶髪の青年だ。そして、杖を装備し、ローブを羽織った金髪の魔術師風の女性がひとり、焦燥と苛立ちを浮かべた顔をしてこちらに向かってくる。

彼らの装備はすでに役に立っておらず、体にも応急処置をしたあとがある。おそらく竜種との戦いで傷ついたのだろう。

「魔術師の中には自由を求めて冒険者になる者がいると聞いていたが、町を壊滅させることが自由なのだとしたら、随分と笑わせてくれるな」

冒険者と同じくらい苛立った様子でラウレンツが愚痴る。もしかしたら、以前冒険者となにかあったのかもしれないとジャレッドは気になったが、今は聞かないでおくことにした。

「止まれ」

剣士たちの間合いに入りたくないジャレッドは、威嚇の意味を込めて低い声を発した。

「俺たちは魔術師協会から派遣された魔術師だ。おとなしく投降してもらいたい」

「私たちが。なぜかしら?」

応じたのは魔術師の女だ。余裕ぶって見せているが、表情は若干強張っている。

「僕たちが言うまでもなく自覚しているはずだ！　この町を壊滅させた原因だからに決まっているだろう！」

「人聞きが悪いわ。この町の惨状は竜種によるものよ。私たちは――」

「――話は町長から聞いているので余計な説明はいらない。お前たちが悪い。だから捕らえる。それだけだ」

女の言葉をジャレッドが遮り、魔力を練る。

「ふんっ、いくら協会から派遣されたといってもまだ子供じゃない。場数を踏んだ私たちに勝てるとでも思っているの？」

「勝てる勝てないの問題じゃない。俺たちは――勝つ」

「随分と自信があるのね。はぁ、困ったわ。私たちは竜種と戦わないといけないのよ。あなたたちと戦って体力も魔力も消耗したくないの」

「それはお前たちの都合で僕たちの知ったことではない！」

ラウレンツが噛みつくように怒鳴ると、女はいいことを思いついたとばかりに提案する。

「じゃあこうしましょう。私たちと一緒に竜種を倒さない？　こっちは二人もリタイアしたから人手が足りないのよ。依頼を達成すれば二千万ウェンよ。五人で分けてもしばらく遊んで暮らせるわ。どう？」

「断る」

「誰がお前らなんかと組むか！」

ジャレッドとラウレンツが即答すると、女の顔が怒りに歪んだ。

やはり金か、と呆れてしまう。

二千万ウェンは確かに大金だ。貴族であってもそうそう手にできる額ではない。それでも、人的被害がほとんどなかったとはいえ、町ひとつを犠牲にしてでもほしい額ではない。

もちろん、そう思うことができるのは自分たちが貴族であり、生きることに困っていないからだという自覚はある。それでも、冒険者たちの行動が正当化されるわけではない。

「それ以前に、いくら依頼があっても竜種を狩ることは許されていない。竜種が人間に害を与えているならまだしも、この町では共存できていた。つまり、お前たちがやっていることは違法だ」

「そんなことを守っている冒険者なんていないわ。魔術師協会所属の魔術師はずいぶんとお上品なのね」

「おい、もういいだろ。お前が説得してみせるっていうから任せたのに、全然話がまとまらねえじゃねえか！」

「ちょっと、割り込まないでよ！」

剣士のひとりが苛立った声で会話に加わった。魔術師は不満を口にするが、頭に赤い布を巻いた男は無視してジャレッドたちに下卑た笑いを向けた。

「お前らガキにはわからないだろうけどよ、竜種を狩れるなんて滅多にない機会なんだぜ？竜種は肉も骨も、すべてが金になる。もちろん俺たちの実力の証にもな。あと少しのところまで追い詰めたんだから、邪魔しないでくれよ」

「そうよ。二人も犠牲が出ている以上、もう引くことはできないわ。悪いことは言わないから協力しなさい。あなたたちだってお金は欲しいでしょ？」

改めて魔術師の口から犠牲者が二人いることを聞いたジャレッドは安堵する。少なくとも、住民たちのところへこいつらの仲間が向かうことはない。

ここで冒険者たちさえ倒すことができれば、竜種も住民たちも守れる。

「金が欲しければ地道に稼ぐから遠慮しとく」

「誰がお前たちみたいな輩と手を組むか！」

ジャレッドはあっさりと、ラウレンツは敵意を剝きだしに冒険者からの誘いを断った。

町中を巻き込んでおきながらなにも悪びれることのない奴らと会話を続けるのもいい加減うんざりしてきた。

無駄に会話を続けたのも、少しでも体力と魔力を回復させたいからだ。しかし、今のところ回復の気配はない。ならば、完全に日が落ちる前に決着をつけてしまったほうがいい。

不幸中の幸いで相手も消耗している。人数的には不利かもしれないが、実力的には――負けるつもりはない。

「そう。最後のチャンスだったのに、ならアンタたちを殺してから竜種を殺してやるわ！」

断られたことに激高した魔術師がヒステリックに騒ぐ。

それが戦いの合図だった。

二人の剣士が揃って長剣を構えて突進してくる。

「ラウレンツ、壁だ」

「任せろ！　土壁よ、僕たちを囲え！」

ラウレンツを守る形で、ナイフを左手に構えたジャレッドが前に出る。背後では地面に向かってラウレンツが残った魔力をすべて注いでいく。

「そいつを止めて！」

こちらの意図に気づいたのか魔術師の女性が声をあげるが、もう遅い。

速度を上げて向かってきた剣士に向かって、ジャレッドが肉薄するとひとりを蹴り飛ばし、もうひとりの剣をナイフで受けた。

重い一撃が腕に衝撃となって伝わる。利き手が使えないため力比べはしたくない。ナイフを手放し一歩下がると、力の行きどころをなくした剣士がつんのめる。

体勢を崩した剣士の額に蹴りを容赦なく放つ。蹴り飛ばされた反動で背後に飛んだ剣士に向かい、火の精霊に魔力を捧げ数多作った拳大の火球をいっせいに放った。

成人男性の拳の一撃の倍以上の威力を持つ火球は燃え盛る拳打と言える。それが音を立てて次々と剣士に直撃していく。まさに数の暴力だ。体中に衝撃を受け、剣士は地面を何度もバウンドした。

「ジャレッド、覆うぞ！」

剣士が音を立てて地面に倒れると同時に、ジャレッドたちを中心に半径五メートルほどの土壁が円形に地面から現れてくる。

壁は厚く、高さは優に三メートルを越えた。鎧を装備した剣士が飛び越えることは不可能だ。

「これでお前たちを閉じ込めた。ここから出て竜種を倒したければ、まず俺たちから倒すんだな」

「このっ、クソガキっ！」

毒づきながら女が無詠唱で杖の先端に火を灯す。火は周囲の魔力と酸素を吸収して大きくなり、灼熱の炎と化す。

怒りに任せて炎を放った魔術師に対し、ジャレッドは水の精霊の力を借りて大量の水の塊をぶつけて炎をあっさりと消してしまった。

「な、なぜ……火属性魔術師じゃ」

唖然とする魔術師に向かって再び水の塊を放った。大量の水を拳の倍ほどの大きさに凝縮したものだ。

目で追えない速度で放たれた水球は魔術師の腹部に直撃すると、彼女はそのまま背後の土壁に激突した。腹部と背に衝撃を受けた彼女は意識を失い、その場に崩れ落ちていく。

「じゃ、ジャレッド、すまない、限界だ……」

「休んでいてくれ、相手は随分消耗しているから俺だけで倒せる。逃げ場を封じてくれたから、いっきに片付けるよ」

「冒険者どもに、魔術師としての誇りを見せてやれ」

「ああ、やってやるさ」

残っていた魔力をすべてつぎ込んで土壁を精製したせいで、立っていることもできなくなったラウレンツのエールを受けて、ジャレッドは最初に蹴り飛ばした剣士が起き上がっているのを見つけて肉薄した。

冒険者二名がリタイアしたことからみても、竜種の抵抗は凄まじかったのだろう。町の破壊具合を見ればよくわかる。今、倒した魔術師もそうだが、本来の力が出せていなかった。

疲弊しているのはジャレッドたちも同じだが、勝機はこちらにあると確信する。

「うぉおおおおおおおおっ！」

長剣を構え、力の限りに襲いかかってくる剣士の一撃をかいくぐり、懐に潜り込んで至近距離から爆炎を放った。強力な炎の一撃は鎧を破壊するだけでは飽き足らず、中の衣類に引火して燃える。

剣士が腰から水筒を外し、慌てて水を体にかけるが、魔力によって生まれた炎はただの水では簡単に消えない。

「魔力を込めた炎を消すには、魔力を込めた水が一番なんだよ！」

精霊に魔力を捧げ、水弾を作っていっせいに放つ。炎を鎮火させると同時に、鎧兜をさらに破壊してダメージを与えていく。

防具を失い倒れた剣士は中年の男性で、体中に血の滲んだ包帯を巻いていた。

「あんたも竜種に随分やられたようだな。そんな体になってでも竜種を倒そうなんて、それほど金が欲しかったのか？」

「……金が欲しくなければ、冒険者などやるものか……」

「町の人たちを巻き込んでも金が必要だったのか？」

「町は竜種が暴れたせいだ。俺たちが、悪いわけじゃない。俺たちの仲間が二人も死んだんだ。悪いのは、竜種だっ……」

反省の欠片もない剣士とこれ以上の会話を続ける気はなく、蹴りで意識を奪った。

「残りはもうひとり——って、悪あがきをするんじゃねえよ！」

火球でふっ飛ばしたはずの剣士は、いつの間にか剣と鞘を土壁に突き立て、器用に土壁を登っていた。

逃げることに徹したのは判断として間違っていないが、そのうしろ姿は情けないの一言に尽きる。

「ふざけんなっ！　あがくに決まってんだろ！　竜種に倒されたならまだ箔がつくのに、ガキにやられたら一生笑いもんだ！　俺たちは竜種を倒しにきたんだぞ！」

「冒険者なら立ち向かってこいよ！」

「馬鹿野郎！　俺は金が欲しいんだよ！　戦いが好きなわけじゃねえ！」

いっそ清々しくなる欲望への忠実さに、だよな、と納得しかけた。

冒険者に偏見を持つつもりはないが、金を第一に考えている面があるのは事実だった。もちろん、自由を愛する者もいれば、戦いを求める者もいるので、全員が全員そうではないだろう。

しかし、金がなければ冒険者は続けられないし、金がないから冒険者をするのだ。

冒険者ギルドも冒険者たちを登録させて仕事をさせるのはいいが、魔術師協会と違ってルールは定かではないし、人材を育成することもしない。才能があれば援助を惜しまない魔術師協会に対し、冒険者ギルドは飼い殺しにしようとする。

冒険者ギルドの職員だってすべてがそうとは言えないが、やはり嫌な一面が目立つのも事実だった。

仲間を置き去りにして必死に逃げようとする剣士は、ある意味今までジャレッドが会ったことがある冒険者たちよりも、冒険者らしかった。

「でも、その欲深さは共感できる。俺も魔術のために犠牲にしたものはたくさんあるから」

「ふざけんじゃねえ！　俺たち冒険者は生命を削って生きてるんだよ！　テメェみたいに魔力に恵まれたガキが、犠牲とか言ってんじゃねえよ！」

怒りの形相で土壁から飛び降りた剣士が殴ってくるが、拳を受け止めて握りしめる。痛みに顔をしかめるが声を出さなかったのは剣士なりの意地だろう。

「確かに俺はガキだ。だけど、命がけで魔獣と戦い、経験を積んで、母のような魔術師になろうと努力しているんだよ！」

「知るかっ！」

「俺だってお前のことなんて知るかよっ！　さっきから金、金って、もっとほかにないのか！」

「あるわけねえだろ、馬鹿野郎！　冒険者が金以外を求めてどうする！」

「その金のために、竜種を襲い、町を壊したのか？」

「馬鹿みてえに竜種を家族だなんてほざいている奴らのことなんて知るかよ。竜種と人間がわかりあえるはずがねえだろ！　夢見んな！　俺は冒険者だ、化け物を殺して、大物になるんだよ！」

ジャレッドは剣士の言葉を許せなかった。自分勝手な冒険者の言葉が我慢できなかった。

住民たちが傷ついた竜種を必死になって守る姿を見ているからこそ、独善的な冒険者を許す（ゆる）ことができない。

「仲間を守ろうとした人たちを傷つけ、自分のことだけしか考えられないお前が大物になれるはずがないだろ！　大物になりたかったら、竜種を仲間と認め、大切に想うことができるこの町のみんなを見習うところから出直してこいっ！」

力が入らないはずの右腕を本気で振りかぶり、剣士の顎（あご）を打ち抜いた。

衝撃が伝わり、脳が揺らされた剣士は白目を剥き、膝をつく。

息を切らしたジャレッドは、とっさに握ってしまった拳を開きながら、静かに剣士の拳を放す。支えを失った剣士はうつ伏せに地面に倒れた。

「俺たちの、勝ちだ」

聞こえていないのを承知で、ジャレッドは剣士に向かって笑った。

◆
「立てるか、ラウレンツ。終わったぞ、俺たちの勝ちだ」

「すまない、足手まといの自覚はあったんだが、僕はジャレッドの力になりたかった」

「なってくれたよ、お前のおかげで竜種に手当てができた。冒険者たちを逃さずに倒すことができたじゃないか」

冒険者との戦いを経て体力の限界を越えたジャレッドが、重い体を引きずりながら倒れていたラウレンツに肩を貸す。ラウレンツは魔力を限界まで消費したせいで気絶していたようだが、今は意識が戻っている。しかし、ジャレッド以上に体を動かすことが難しいようだ。

魔術師は魔力を持つことで魔術を使うことができるメリットを持つが、魔力は体力と同じように消費してしまえば動けなくなるというデメリットもある。

極端に消費しなければ通常の睡眠で回復するが、今回の場合は無理だろう。魔力を限界を越えて消費したラウレンツは二、三日ほど魔術が使えなくなるはずだ。ジャレッドも似たような経験をしているからわかる。

魔力が豊富な場所で休めば回復も早いだろうが、そんな場所がこの町の近くにあるかどうか不明であり、仮にあったとしても移動する気力がもう残っていない。

こうして会話しているだけでも辛いのだ。

「土壁、どうにかできない?」

「無理だ、今の僕にはなにもできない。だけど、一箇所だけ土属性の魔術師に反応する場所がある。そこが出入り口だ」

「そんなものまで用意したのか、器用だな」

「今の僕には反応しないだろうが、ジャレッドにまだ魔力が残っているなら反応するはずだ」

「幸い、体力は限界だけど、魔力はまだある」

ジャレッドは悲鳴をあげる体に鞭打(むちう)って足を動かすと、土壁に手を当て魔力を流していく。

すると、ガコンッ、と音を立てて壁の一角が扉のように開いた。

「さすがだな、まだ魔力があるのか……」

「魔力だけだよ。体力がなくて、正直しんどい」

「冒険者どもはどうするつもりだ?」

「拘束植物を使って身動きが取れないようにしてあるから、応援がくるまで放っておくつもりだよ」

「なら、安心だ」

もう軽口を叩く余裕もなくなりつつある。土壁の外に出ると、背後で出入り口が閉じたことを確認してから、ジャレッドは前のめりに倒れた。

受け身も取れずラウレンツとともに地面にぶつかってしまう。

「わ、悪い、もう限界だ」

「構わない、僕も限界だ」

重くなったまぶたが落ちてくる。こんな場所で無防備に意識を失うことは避けたかったが、体力だけではなく、精神的にも疲労しているジャレッドの視界が暗くなっていく。

竜種に応急処置を施し、冒険者を倒したという安心感から、ついにジャレッドは意識を失うのだった。

4章　オリヴィエの事情

目を覚ますと、ベッドの上だった。

「ここは、どこだ？」

疑問を呟くと同時に、意識が覚醒する。

ジャレッドは冒険者を倒して気絶したことを思いだすと、自分がどうしてベッドで眠っていたのかわからず警戒しながら、ナイフを手に取ろうとして——身につけていたナイフが一本も見当たらないことに気づく。

ナイフだけではない、戦闘衣も着ていない。最低限の衣類しか身につけていない自分の現状に困惑する。

住民たちが助けてくれたのかと思って見渡すと、ジャレッドがいる空間は建物の一室ではなくテントだ。

「応援がきてくれたのか？」

「その通りだよ、ジャレッド」

自分の名を呼ぶ穏やかな声とともに、ひとりの男性が現れた。

その人物を目にしてジャレッドは驚く。

「――アルウェイ公爵」

「ははは、久しぶりだね。娘の婚約者なのだから、お義父さんと呼んでくれて構わないよ」

気さくに話しかけてくれるその人は、オリヴィエ・アルウェイの父親であるハーラルト・アルウェイ公爵だった。

慌ててベッドから飛び起き、膝をつく。

「し、失礼しました」

「いや、構わない。君も、ラウレンツくん同様に安静にしていてもらいたい。直接お礼を言いたかったんだが、逆に気を遣わせてしまったね。申し訳ない。さあ、ベッドに戻りなさい」

目上の人物にそう言われてしまうと、戻らずにはいられない。

失礼します、と一言告げてからジャレッドはベッドへ戻った。

満足そうに頷くアルウェイ公爵が、簡易椅子を自ら用意して腰を下ろした。

「よし、これでゆっくり話せるね。ラウレンツ・ヘリングくんにはすでに会ってきたが、君と同じような反応をされてしまって困ったよ。だが、彼もすっかり元気だ。魔力の回復には少し時間がかかると医師が言っていたが、問題はないとのことだよ」

ここにはいないラウレンツの容態が問題ないと聞かされて胸を撫でおろした。

　ジャレッド自身は体力の消費が大きかったが、ラウレンツは魔力の消費が深刻だった。どちらが体に負担をかけるのか定かではないが、まだ魔力がどういうものか解明されていない現代ではやはり魔力を消費しすぎたことのほうが不安は残るのだ。しかし、医者が問題ないと言うのだから大丈夫なのだろう。

「そして君たちに礼を言わなければならない。急な魔術師協会への依頼についてもだが、まさかジャレッドが派遣されるとは思ってもいなかった。君と友人を危険な目に遭わせてしまい、本当に申し訳なかった」

　そう言って公爵ともあろう方が、未成年の学生に頭を下げたのだからジャレッドは心底驚き、慌てて声をかける。

「お顔を上げてください、その、困ります。俺は、いえ私は魔術師としてするべきことをしただけです。ラウレンツも同じですので、アルウェイ公爵が頭を下げる必要はありません！」

「……感謝する。君たちがいなければあの冒険者たちのせいで住民がどうなっていたかわからない」

「すでに事情を把握されているのですね？」

「ああ、町長からすべて聞いた。私もまさか竜種と住民が家族同然に生活している町があるなど思ってもいなかったよ。だが、会ってみれば実に人懐っこい竜種だった。私は竜王国ともつきあいがあるため竜種を見るのは初めてではないが、今までに見たことがないほどかわいらしい竜種だったよ」

「その、あの竜種は今後どうなさいますか？」

「もちろん、住民として扱おう。王宮の許可はいるだろうが、もう何年も生活しているようなので問題はないはずだ」

　アルウェイ公爵の言葉に嘘はないようだった。少なくとも、あの竜種をどうこうしようとは思っていないようで安心した。

「今さらだが、君たちが派遣されてから一日が経っている。冒険者と戦う君たちを案じて様子を見に出た住人が、気を失っているところを発見して保護したそうだ。私たちは今朝この町に到着し、炊きだしや、怪我人の確認などを行い、テントを作り住民たちを休ませた。そして、もう夕方だよ」

「ま、丸一日寝ていたんですか……」

「聞けば竜種の応急処置をするために君は体力を、ラウレンツくんは魔力を随分と消費したようだね。医師が君の処置した竜種を確認したが、あれほど強固な体を縫うことができたことに驚いていたよ。ただ力があるだけでは不可能だそうだ。どうやって成功させたのかぜひ教えてほしいと言っていたよ」

　その結果が気絶なのだから笑うしかない。

「捕縛してあった冒険者たちもすでに捕らえてある。森の中で死亡している二名も発見したが、竜種に手を出したのだから自業自得としか言えない。今回の一件は冒険者ギルドへ強く抗議することを決めた。依頼を出した商人も捕まえる予定だ。二度とこのようなことが起きないよう厳しく処罰しようと思っている。構わないかな?」

「はい」

「冒険者三名は投獄が決まっている。もしも住民たちに死者が出ていたら死罪にしていたよ。唯一の怪我人も問題がないことが確認できている」

「よかったです。ですが、この町は……」

はっきり言って人が住める状態ではない。これから暑くなっていく季節なのでテント暮らしでもかまわないかもしれないが、いつまでもそういうわけにはいかないだろう。復興にも金が必要だ。町全体の費用となると、ジャレッドには見当もつかない。

「心配しなくていい。私が援助をするつもりだ。無論、冒険者ギルドから慰謝料を大量にふんだくる予定でもあるがね。商人からも私財を没収して、復興の資金にしようと思っている。働き手を集めるのもそう難しくはない。なに、あっという間に復興するさ」

竜種を住民と認め冒険者から守ろうとした勇気ある人たちの今後が気になっていたので、公爵の言葉に安心した。

「魔術師協会から、体調が戻り次第帰還できるように竜騎士が用意されている。私もそう長くはいられないので、君たちとともに王都に戻るつもりだ」

「あの、どうしてアルウェイ公爵が自らこられたのですか？」

ジャレッドの問いに、どうしてそんなことを聞かれたのかわからないという顔をした公爵だったが、普通は公爵ほどの領主がいくら竜種が現れたからといって直接現場に出向くことはない。むしろ、万が一のことを考えてきてはいけないのだ。

しかし、ハーラルトは竜種ではなく冒険者が今回の騒動の原因だと知る前にやってきている。だからこそ気になったのだ。

質問の意味に気づいた公爵は胸を張り、堂々と言い放った。

「私は領民を家族だと思っている。家族の危機にどうしてじっとしていられる？　領主として、ひとりの人間として、家族が困っているなら見過ごすことはできない」

「アルウェイ公爵領の民は幸せものですね」

「そうであれば私も嬉しいよ」

おそらくこの町の住民たちもハーラルトに感謝しているはずだ。自分たちの危機に公爵自ら現れてくれたのだ。感謝しないはずがない。

「長々とすまなかったね。ラウレンツくんにも言ったが、今日はまだ休んでいなさい。食事が欲しければ、外にひとり警護をつけているから声をかければいい。わかったね」

「ありがとうございます」

「では、ゆっくりと眠りなさい。私はまだするべきことがあるので失礼するよ」

そう言い残してアルウェイ公爵は静かに去っていく。

ひとりになったジャレッドは、まだ万全ではない体調を整えるため、目を閉じる。そして、睡魔(すいま)はすぐにやってきた。

◆

オリヴィエ・アルウェイは不機嫌な様子で、部屋の中を落ち着きなく動き回っていた。

原因は婚約者であるジャレッド・マーフィーにある。

魔術師協会からの依頼で竜種と戦うと聞いたときは酷(ひど)く驚いた。さらに、その戦いの地がアルウェイ公爵領だということに、再度驚きを覚えた。

ジャレッドに迷惑をかける父に怒りを感じたが、命がけの戦闘に赴(おもむ)くにもかかわらず婚約者の自分になにひとつ連絡をよこさないジャレッドにも怒りが湧(わ)いた。

本当は気をつけてと伝えたかったが、気づけば皮肉だらけの手紙を書き終えてトレーネに渡してしまった。

やりきって満足していたオリヴィエが、「そうじゃない！」と自分の行動に後悔したのは、トレーネが帰宅してからだった。

「お嬢様、少し落ち着いてください。じきに、公爵様がジャレッド様と合流してもおかしくないので、すぐに連絡がくるはずです」

　オリヴィエはジャレッドの安否を気にして、睡眠をとれないのはもちろん、食事も喉を通らなかった。

　母がそんな自分を案じていたが、さすがにジャレッドが竜種と戦っていて心配です、などと言えるはずもなく、ただただ必死に誤魔化した。

　彼女が待っている連絡は手紙の類ではない。父のお抱え魔術師の使い魔だ。使い魔を経由して、情報をいち早く得ることができるのだが、その連絡がこない。

　オリヴィエは自分でも驚くほど、十歳も年下の婚約者の身を案じていたのだ。

「オリヴィエ様はジャレッド様のことがよほどご心配なのですね」

「悪い噂を気にするわけじゃないけれど、ジャレッド・マーフィーが死んでしまったら、わたくしが死神だという噂が追加されてしまうわ」

「今さら噂がひとつ増えたところで痛くも痒くもないと思われますが？」

「言ってくれるわね。だけど、実際そうなのよね。ジャレッドだけよ、わたくしの噂など気にせず、しかも先日のように言い返した男性は」

「ああ、なるほど。つまり気に入ってしまったのですね」

「違うわよ！」

　納得したと言わんばかりのトレーネの呟きに、大きな声で否定するオリヴィエだが、その顔はわずかに赤い。

どこか照れた仕草を見せながら、素直になれないオリヴィエをかわいらしく思うトレーネだった。

「違うわ。偏見がないとは言えないでしょうけど、それでもああやって遠慮なく話ができたのは嬉しかったわ。今まで会った男性は、どいつもこいつも公爵家の娘オリヴィエ・アルウェイとしか、わたくしを見ていなかった。しかたがないとはいえ不快だったわ。でも、ジャレッドはオリヴィエとしてわたくしを見てくれていた」

「そこに、ときめいてしまわれたのですね」

「ときめいてなんかないわよっ、しつこいわねっ！」

「あまり大きな声を出されると、ハンネローネ様が起きてしまいますよ」

「――いつか復讐してやるから」

「楽しみにしています」

まだ早朝であるためトレーネの言うとおり眠っている母を起こしてしまう可能性がある。普段と違い冷静でないことを自覚すると、声を潜める。

くだらないやり取りをしたおかげで少しだけ気が楽になった。

「――オリヴィエ様。使い魔がきました」

「ジャレッドの安否は!?」

「お待ちください」

窓の外に一羽の小鳥が音を立てずに羽ばたいていた。窓を開けてトレーネが指をそっと差しだすと、小鳥がとまり、指を突く。

使い魔からトレーネに情報が流れていく。簡潔に、今一番求めている情報が伝わった。

「オリヴィエ様、ジャレッド様はご無事のようです。公爵様が無事に保護なさったようです」

「……保護されるほど危険な目に遭ったのかしら。竜種がどれほど強いのかいまいちわからないのだけれど、竜と名のつくくらいだから相当強いのでしょうね」

「わたしは戦ったことがありませんが、聞く限りですと、宮廷魔術師でも単身で倒した方はひとりしかいないそうです」

「そんなものを相手にしたというの？」

驚きに目を剝くオリヴィエを安心させるために、トレーネが続ける。

「ですが、ご友人のラウレンツ・ヘリング様もご同行したとのことですので、単身で戦うなどという無謀はされていないようですね。――おや、もう一羽使い魔がきました」

外から窓をくちばしで突く小鳥を発見し、トレーネが指を差しだす。一羽目と同じように情報を伝えられるが、その内容に、普段、無表情なメイドが珍しく苦笑する。

「トレーネが笑うなんて珍しいこともあるわね、どうかしたの？」

明らかに表情を変えたのがわかったトレーネにオリヴィエが驚きの声をあげた。少なくとも、

ジャレッドに関して深刻な情報が伝わったのではないとわかる。

「いえ、ジャレッド様は実におもしろい方だと思いまして。竜種を倒しに向かったはずが、傷ついた竜種を助け、竜種を狙った冒険者と戦い捕縛したようです」

「――なにそれ？」

「どうやら竜種が暴れているというのは誤報だったようですね。冒険者が竜種を襲ったせいで、町に被害が出てしまったというのが正しいようです」

だとしても本来倒すべき竜種を助けていると聞けば、使い魔が正しい情報を持ってきたのかどうか疑問に思ってしまう。

「冒険者ね、わたくしは冒険者は嫌いだわ」

「わたしもです。何度、排除したかわかりません」

「まったくよ。とにかくジャレッドは無事だということでいいのよね？」

「はい。ご無事です」

「なら、よかったわ」

婚約者の無事を知ることができたオリヴィエは大きく安堵の息を吐くと、ベッドに力なく腰を下ろした。

「それほどご心配ならもっと素直になればよろしいかと。ジャレッド様もお喜びになるはずです」

「できない理由はトレーネだって知っているでしょう」

「しかし、事情をすべてお話しすればジャレッド様ならお力になってくださると思います」

「わたくしが嫌なのよ。わたくしの父とダウム男爵が親しいからと十歳も年上の、それも悪評高いわたくしの婚約者となっただけでもかわいそうなのに、わたくしの問題にまで巻き込めないわ」

オリヴィエの表情は暗く、悲しげだ。

トレーネはそんな主になにも言えなくなる。

「ジャレッドには悪いけれど、お母さまが気に入っているからしばらく婚約者ごっこにつきあってもらいましょう。第三者がこの屋敷に住めば、襲撃もなくなるはず。彼が成人する前に、気立てのいいお嬢様を紹介してお別れとなるまで、少しだけわたくしも楽しみたいの」

「オリヴィエ様はすべてを諦めているのですか？」

「違うわ。諦めていないわ。戦っているからこそ、他のことができないのよ」

「結婚する気があると言ってくださったジャレッド様なら――」

「トレーネ」

静かに、だが有無を言わせない力強さを秘めた声でオリヴィエはメイドの名を呼んだ。

「わたくしはジャレッド・マーフィーと結婚する資格がないわ。母を守らなければならないわたくしの問題に、ジャレッドを巻き込んではならないの。いいわね？」

「申し訳ございませんでした」

　深々と頭を下げるトレーネに、気にしないでと伝えると、ベッドから立ち上がる。

「無事がわかったらお腹がすいてしまったわ。少し早いけれど、朝食にしましょう」

「では、紅茶とスコーンを用意いたします」

「手伝うわ。お母さまもそうだけど、わたくしも家事は好きなの」

　ジャレッドの無事を確認できたオリヴィエは、晴れやかな笑みを浮かべて部屋を出た。

　彼女のあとに続くトレーネは、オリヴィエの笑顔が本心からの笑みではないことに気づいている。

　確かにジャレッドが無事であったのは喜ばしい。だが、オリヴィエがこれだけひとりの人間を心配したことは、母とトレーネ以外にはなかった。

　不器用な主がはじめて気に入ってしまった異性は十歳も年下の婚約者だった。オリヴィエは認めないだろうが、つきあいの長いトレーネには彼女の想いが手に取るようにわかった。

　トレーネは願う。

　ジャレッドがこの屋敷にどれだけ住むかわからないが、オリヴィエの抱える問題に気づきますように、と。そして、問題に気づいた上で、オリヴィエから逃げだしませんように、と。そう願わずにはいられなかった。

◆

オリヴィエ・アルウェイが熱いお湯を張った浴槽の中で、大きく息を吐きだしたのは、年下の婚約者の無事を知ったからだった。

「本当に無事でよかったわ」

婚約者を必要としていないはずのオリヴィエだが、自然と彼に対する気持ちがこぼれてくる。すべては婚約者が無謀にも竜種退治などに行ったせいだ。

「でも、どうして危険な依頼を受けたのかしら？　もしかして、わたくしが宮廷魔術師になれなどと言ったせいなの？」

ならば彼に万が一のことがあったら、それはオリヴィエのせいでもある。今回は無事だったが、ひとつ間違えれば死んでいたかもしれない。そう考えるとお湯に浸りながら、背筋が冷たくなる。

今回の件では、気をつけてという旨を書き記した手紙を彼に渡しているが、時間が経てば経つほど彼の身を案じてしまった。

——怪我をしていないかしら。食事はきちんと済ませたのかしら、あのお人好しそうな笑顔を今も浮かべることができているのかしら？

考えれば考えるほどジャレッドを送りださず止めるべきだったと後悔してしまう。彼を心配するあまり食事はもちろん、お茶さえ喉を通らなかった。ようやく無事を知ることができて、先ほど軽く朝食がとれたほどだ。

今、母たちがちゃんとした食事を用意してくれている。

「思いがけず断食までしてしまったわ。まるで願掛けね」

その甲斐あって婚約者は、父が率いる部隊に保護されたのだ。

いつまでも暗い気持ちではオリヴィエのほうが参ってしまうと心配した母と幼なじみに説得され、気分転換を兼ねて湯に沈んでいるが、婚約者への心配は消えることはない。

きっと無事な彼を目にするまでは、この胸の燻りは消えることがないのかもしれない。

「ジャレッド・マーフィー」

十歳も年下の婚約者の名を呼んでみる。返事があるはずはない。そのことが寂しく思えた。

「不思議ね、結婚なんてしたくないと思っているのに、あなたのことなんてさっさと婚約者の立場から逃げだしてほしいと願っているのに――今は、あなたに会いたいわ」

理由はわからない。心配したせいか、それとも気まぐれか。

ただひとつ言えることは――、

「わたくしにこうも心配させるなんて。帰ってきたら、たくさん嫌味を言ってあげるんだから」

ジャレッドに会うのがとても楽しみだということ。

◆

ジャレッドが再び目を覚ますと、テントの中はもちろん、外もまだ暗かった。

外へ出たジャレッドは、そこが噴水のある町の広場であり、他にもたくさんのテントが立ち並んでいることを今さらながら知る。誰もが眠っているのだろう、人の声はなく静寂が保たれていた。

竜種がどうしているのか気になったが、おそらく住民と同じように眠っているのだと推測される。

眠り続けただけあって体力は回復していた。全快、と言えないのが残念ではあるが、魔力は消費こそ多かったが、もともと保有量が大きいので負担は少ない。もう一度眠れば万全となるはずだ。

竜種の傷を縫う、と言葉にすれば簡単だが、硬い鱗を無理やり縫うという作業がどれほど大変だったかを改めて実感した。

まだわずかに違和感が残る右手を動かしていると、ふいに声をかけられた。

「起きていたのか、ジャレッド」

「あ、アルウェイ公爵?」

「なにか心配事でもあったかな？」

「いいえ、目が覚めてしまったので外の空気を吸いたくて」

テントの中で横になっているのも苦ではなかったが、少し体を動かしたかったこともある。長い時間眠っていたせいで、体がちょっと固くなっていた。

「アルウェイ公爵こそ、まだ暗いのになにをしておられるのですか？」

「私は皆よりも早く休ませてもらったのでね。その分、早く起きてしまったのだよ。この町は森に囲まれているので空気が澄んでいるから気持ちがいいね。そうだ、よかったら話をしないかい？」

「ええ、喜んで」

「娘のことで少し君と話したいと思っていたんだ」

「よろしければ、春とはいえ朝は冷えるので、テントの中で話しましょう」

「すまないね。お言葉に甘えよう」

テントの入り口をめくり、公爵を中へ招く。

中に置かれている椅子に公爵が腰を下ろすのを確認してから、小さく頭を下げてジャレッドも椅子に腰かけた。

「さて、娘の話もしたいが、その前に君が寝ていた間のことを伝えておこう。おそらく、気になっていると思うからね」

「感謝します」

「住民たちに炊きだしをして、ここと同じテントを複数用意した。しばらくの間はテント暮らしになってしまうが、時期的にこれから暑くなっていくので若干の不便さは我慢してもらうことになるものの、大きな問題はないはずだ」

公爵の言葉にジャレッドは安堵した。テント暮らしは確かに大変だが、雨露を防ぐことができるだけでも大いに助かるはずだ。住み慣れた家がなくなってしまったことは本当に気の毒だと思うが、復興に必要な資金も取るべきところから取ると公爵が言ってくれていたので住民には負担がないだろう。

「事が事なので、復興するまでは税も免除する予定だ。いずれ町が復興した折には、竜種とともに町おこしをすると住民たちは張り切っていたよ。こんな状況になっても希望を捨てない彼らを私は尊敬する」

「私も同じ気持ちです」

「冒険者に関しては、昨日の内に王都へ送った。私の領地で起きたことなので断罪するのは簡単だが、魔術師もいることから魔術師協会にも意見を聞き裁判を行う予定だ。もちろん、投獄することはすでに決まっているし、彼らのしでかしたことはあまりにも罪深いため慈悲はかけない。彼らに依頼した商人と冒険者ギルドの役員も王都の人間だったので、全員まとめてということになる」

だが、実際に投獄される者は剣士たちくらいかもしれない。魔術師である彼女はもしかしたら魔術師協会が身元を引き受ける可能性もある。協会は魔術師のための組織なので、彼女が反省し、協力的になるなら仮に投獄されても早く刑期を終えることもあり得る。

商人に関しては少し難しい。竜種を求めることそのものは罪ではない。それに、商人の依頼がきっかけで大きな被害が出たことは確かなのだが、原因の大部分は冒険者たちの短慮な行動によるものだ。財産没収や、ペナルティはあるかもしれないが大きな罪に問われることはないだろう。

冒険者ギルドに関しては、関わりがないのでわからない。だが、冒険者たちの問題行動を黙認しているのは明らかなので、なんらかの罪に問われればいいと思う。

「冒険者と冒険者ギルドには私たちも困らされているよ。だが、彼らも組織としては必要だ」

やや苦い表情を浮かべる公爵。もしかすると、領地で時々、今回ほどではなくても問題が起きているのかもしれない。

「——といったことが、君が眠っている間にあったのだよ」

「ありがとうございます。とくに問題がなかったようで安心しました」

「いや、いいんだ。君たちは十分すぎるほどこの町のために働いてくれた。これ以上なにかさせるわけにはいかないよ」

困ったように笑いながら、公爵が気遣ってくれているのがわかった。

娘の婚約者だからではなく、領地のためにできることをしたジャレッドたちに心から感謝してくれているのだ。

公爵という立場でありながら気さくで、民のために現地に自ら赴くなど、尊敬すべき人物だと思う。ゆえに、わからない。オリヴィエの言う父親像と自分の前にいる人物は違う。この人が、たとえ幼かったとはいえ娘の言葉を蔑ろにするだろうか、と疑問に思う。

ジャレッドの内心など知らず、公爵はひとりの親としての表情を見せると、親しげな声を出した。

「さて、娘の話だが、ジャレッドはずいぶんと娘に気に入られたようでほっとしているよ。公爵家に生まれてしまったせいであの子はもちろん、他の子供たちにも必要以上に苦労をかけている。オリヴィエだけではなく他の子供たちにもわがままなところがあるので難儀しているよ。そういえば、君も先日いきなりオリヴィエに呼びだされたようだね、父親として謝罪させてほしい」

「いいえ、気にしないでください。ハンネローネさまともお会いすることができましたし、オリヴィエさまからも宮廷魔術師候補になったことで正式に婚約者として認めていただけましたのでよかったと思います」

「そうか。オリヴィエは本当に君のことが気に入ったんだね。おそらく、君ならわがままを言っても許してくれるという甘えもあったのだろう。すまないが、大目に見てやってほしい」

安心した様子の公爵に、婚約者のふりをしているだけだと言えるはずもなく罪悪感がジャレッドを襲う。

「そして、私からも宮廷魔術師候補に選ばれたこと、おめでとうと言わせてほしい。宮廷魔術師の席は半分しか埋まっておらず、候補すら滅多に現れない。是非、頑張ってほしい」

「もちろんです。魔術師としてするべきことをしたいと思っています」

「娘が結婚の条件に宮廷魔術師になることを言いだしたときはどうしようかと思ったが、私の想像以上に君が優秀でよかったよ。妻から聞いたが、これからオリヴィエたちと一緒に住むらしいね？」

「そうなってしまいました。正直、まだ婚約者というだけですので一緒に暮らしていいものか迷うのですが……」

「構わない、父として許そう。なに、オリヴィエが君のことを気に入っているなら、嫌な例えで申し訳ないが、――仮に宮廷魔術師になれなかったとしても結婚できるように娘を説得しよう。妻も君のことを気に入ったようだし、私も君が義理の息子になってくれれば嬉しい」

ずいぶん気に入られたものだとジャレッドは思う。

なにか気に入られる要素が自分にあるのかと不思議に思うのだが、魔術師であること以外とくに見当たらない。もっとも、その魔術師であることが重要ではあるのだが、それだけで公爵が娘を与えようとは思わないはずだ。

仮にそうだとしても、嫁に出すのではなく、婿に迎えるはずだ。いまいち公爵の本心が摑めず、一抹の不安が残る。

「オリヴィエはわがままで強情で、不器用なところもあるが、根は優しい子だ。父親として、仲よくしてやってほしい。よろしく頼む」

娘を想う父親として頭を下げた公爵に、ジャレッドは「はい」と返事するほかなかった。

◆

アルウェイ公爵と談笑を続けていると、あっという間に日の出を迎えた。

長い時間を公爵とともに過ごしたことで、彼が割と親馬鹿であることがわかった。とはいえ、娘から快く思われていないことを知っているジャレッドとしては、少し不憫にも思う。

さすがにオリヴィエとハンネローネが別宅で過ごしている理由については聞くことができなかったが、同居するようになれば色々な疑問が解けていく——そんな予感があった。

久しぶりに楽しい会話ができたと言ってくれた公爵と一緒にテントの外へ。すでに、兵士たちに交じって炊きだしの支度をしている住民たちの姿も見ることができた。住民たちはジャレッドに気づくと、感謝の面持ちで心配していたなどと次々に声をかけてくれる。

住民たちに応えながら、彼らのために戦えたことを嬉しく思えた。

「ジャレッド、具合はよくなったのか？」

　住人たちの活気にあふれた様子を眺めていたジャレッドを呼ぶ声がした。二日ぶりに会うラウレンツだ。

「お前こそどうなんだ、ラウレンツ？」

「僕はすっかり回復した。ほとんど眠っていたので、気づけば回復していたと言うべきなのかもしれないがな」

「回復したならなによりだ。俺も腕のしびれこそ少し残っているけど、体力は取り戻した」

　二人はお互いの無事を確認すると、拳をぶつけ、笑いあって地面へ座り込む。

　ともに上着こそ羽織っていないが戦闘衣姿だ。寝すぎたせいで瞳が充血気味なのも同じで、そろって寝癖がついている。

「竜種の鱗はよほど固いらしいな。昨日、お前が応急処置をした箇所を医者が確認しているところを見たが、よほどの力自慢でもあんな短時間で縫うことは到底不可能だそうだ。お前はどれだけ力があるんだ？」

　呆れた様子のラウレンツにジャレッドは苦笑する。

「そんなにないよ。昔から剣を使っていたからそれなりにあるんだろうけど、力自慢するほどじゃない。正直、夢中だったし、魔力に助けられていたからできたんじゃないかな」

「魔力に助けられていた？」

「ああ、昔は身体強化魔術なんて便利なものがあったらしいけど、今はそんなのないだろ？でも、一時期、魔力によって身体が強化できるなら便利だなって思って試行錯誤したことがあったんだ。だけど失敗。ところが、魔術に魔力を追加することで魔術そのものが強化される場合があるみたいで、一昨日は黒曜石の槍に魔力を少しだけど流し続けていたんだ」

効果があったかどうかまでは判断できない。

自分自身の力が足りないなら、他のところを強化しようと試みたのだ。結果として、竜種の鱗を縫えたから強化できたのかもしれないが、あのときは夢中だったので自分でもはっきり覚えていなかった。

ただ思うのは、無事に竜種が救えてよかったということだけ。魔術師としては失格なのかもしれないが、人として間違っていなければそれでいい。

「よくも、行き当たりばったりで……」

「結果がよければいいだろ？」

竜種を倒す準備はしていても、治療する準備をしていなかったのだからしかたがない。ジャレッドとラウレンツは顔を見合わせて笑った。

そんな他愛のない話をしていると、次々に住民と兵士が広場に集まってきた。炊きだしの人間が足りなさそうだったので、二人も手伝い、朝食があっという間に配られた。ジャレッドたちも軽く済ませ、帰り支度をすることになった。

町長のジーモンとあのときの青年が挨拶にきて、重ねて礼を言ってくれた。

今まで万が一のことを考えて情がわかないように名前をつけていなかった竜種に、正式に名前をつけると聞いた。すでに情が移っているので今さらだがと笑っていたが、領主に住民と認められたのだからしっかりと名づけ、改めて住民として受け入れるとのことだ。寝床も町の中に用意してもらえるらしく、住民たちは喜んだという。

竜種はこの町のよき守護者となるだろう。まだ子供ではあるが、成長すればいずれ先日戦った冒険者などが束になっても太刀打ちできない強さになることは目に見えている。そんな竜種が仲間と認めた住民たちを守るのだ、よほどのことがない限り安全だろう。

ジャレッドは復興した街に必ずまた訪れると約束して、町長たちと握手を交わした。

そして、竜種の様子を見に行き、元気に草を食べている姿を目にして改めて安堵すると、声をかけた。竜種はジャレッドのことをしっかりわかっているようで、人懐っこい瞳を向けて鳴いてくれた。竜種とも別れを済ませ、広場に戻ろうとしたそのときだった――。

「――ッ」

突然の殺意に襲われた。

反射的に迫りくる白刃を摑む。

「見事だ、ジャレッド・マーフィー」

「誰だよ、お前ら」

襲撃者は二人。目元以外を黒衣で覆っている。明らかに魔術師や冒険者ではない――暗殺者だ。

ジャレッドは摑んだ襲撃者の腕に力を込めるが、痛がる気配もなければびくともしない。相当訓練されていると判断して、腹部を蹴り飛ばして距離を置く。

襲撃者の得物はそれぞれナイフを一振り。対してジャレッドは素手だ。考えなくても不利だった。

「もう一度聞く、誰だ？」

魔力を練って威嚇する低い声を出すが、返事の代わりに襲撃者は左右に分かれて飛びかかってきた。

地面に流し込んだ魔力が地精霊に与えられ、石の槍が複数生まれて襲撃者を襲う。しかし、襲撃者の身のこなしは軽く、向かってくる槍の切っ先に足を置くとさらに跳躍した。

舌打ちしながら、さらに魔力を練って黒曜石の槍を生みだす。一本を武器として構え、残りを連続して放つ。

襲撃者は魔術師と戦いなれているのか、ナイフを巧みに槍にぶつけることで軌道を変えながら頭上より降ってくる。

襲撃者の体を何本もの槍が掠めるが、傷つくことなど気にする様子も見せない姿は死を覚悟した者のそれだった。

最初の攻撃を手のひらで受け止める。ナイフが貫通し、激痛が走るが、奥歯を噛みしめ堪える。受け止めたナイフごと腕を掴み拘束すると、二人目の襲撃者の攻撃の楯とする。だが、襲撃者は仲間が楯にされたことなど構うものかとナイフを突き立てた。

ジャレッドはとっさに拘束を緩め一歩下がる。

「お前……仲間ごと……」

ナイフだけではなく、腕までが楯となった者の胸部を貫通しており、もし後退していなければ刃がジャレッドに届いていたに違いない。

胸を貫かれて絶命した男を地面に投げ、手のひらのナイフを抜いて構える。

「名乗れよ、襲撃者」

「個の名前は必要ない。我らはヴァールトイフェル。ただそれだけだ」

「ヴァールトイフェルだと——大陸でも有名な暗殺組織が、俺に何の用だ？」

「今回はただ警告にやってきた」

襲撃者はそう言って構えを解く。

「ハンネローネ・アルウェイ、オリヴィエ・アルウェイ両名に近づくお前が、我々の脅威にならないように」

「そう言われて、はいそうですか、って言うことを聞くと思っているのか？　もし、あの二人を少しでも傷つけてみろ、どこに隠れようと暴きだして殺してやる」

「よい殺気だ。だが、このような場所にいるお前になにができる？　ヴァールトイフェルは我らだけではない」

「――ッ！　まさか、お前！」

既に手遅れだと言わんばかりの脅しに激高し、黒曜石の槍を精製して放つが、冷静ではないジャレッドの一撃は容易くかわされてしまった。

「警告したぞ、ジャレッド・マーフィー。我々に殺されたくなければ、あの親子に関わらないことだ」

そう言い放ち、襲撃者は身を翻していく。

「待てっ！」

追いかけようとしたジャレッドだったが、

「ジャレッド！　なにがあった!?」

「なにごとだ！」

ラウレンツとアルウェイ公爵が現れたことで、意識がわずかにそちらへいってしまった。その隙に、襲撃者は消えた。

「傷を負っているではないか、誰にやられた？　この倒れている者の仕業か？」

ジャレッドの腕を取り、心配そうにするアルウェイ公爵に、襲撃者の狙いがオリヴィエたちであることを言うべきか迷う。

真偽が定かではないため、簡単に口にしていいことではないとわかっているが、ジャレッドには黙っていることはできない。

「アルウェイ公爵」

「どうかしたのか？」

「お話があります」

わずかだが、オリヴィエが抱えているなにかに近づくことができたと感じながら、ジャレッドは公爵に事情を話すのだった。

アルウェイ公爵にヴァールトイフェルを名乗る襲撃者に襲われたこと、オリヴィエたちに近づくなと警告されたことを伝えたジャレッド。
ラウレンツはジャレッドの無事を確認すると、公爵に頼まれて町の見張りを強化するよう騎士に伝えに向かったため、この場にはいない。公爵はラウレンツを遠ざけるために頼んだのかもしれない。
公爵は血を流し絶命している襲撃者を睨むように見つめていたが、大きく息を吐きジャレッドに向かって口を開いた。

「間違いない、ヴァールトイフェルだ」

「確信があるのですか？」

「残念なことにあるのだよ。ヴァールトイフェルといえば大陸一の暗殺組織だ。私たち貴族の中にはどうしても倒さなければならない相手を殺すために彼らを雇う者もいる」

公爵の言葉にジャレッドは驚きを隠せなかった。

少なくともジャレッドの知るアルウェイ公爵は暗殺者とは無関係な人間に見える。しかし、彼は知っていると言う。

「勘違いしないでほしい、私は彼らに依頼したことはない。ただ、私の祖父が手に負えない相手に一度だけ利用したことがあると聞いている。私が家督を継いだとき、万が一のためにとヴァールトイフェルを紹介された」

「ヴァールトイフェルはオリヴィエさまとハンネローネさまを狙っています。なにか心当たりは？」

「――ありすぎる」

苦虫を噛み潰したような表情で公爵は拳を握りしめた。

「ハンネは、正室だがオリヴィエ以外の子供を産んでいない。私にも責任があるが、貴族の妻が男児を産めなかったということは大変なのだよ」

ジャレッドも貴族なので一応は理解できる。だが、貴族の事情など、爵位を継ぐことがないジャレッドにとって所詮、他人事だと思っていた。

「私の跡継ぎは側室が産んだ男子の中から優秀な者を選ぶと決めているが、そのせいで兄弟たちの仲は悪い。どの貴族にも言えることだが、家督を継ぐのはひとりだけだからね」

「後継者争いが原因でしたら、オリヴィエさまやハンネローネさまがなぜ？」

「跡継ぎを産めなかったハンネが正室の立場であることを快く思わない人間がいるということだよ。それこそ、亡き者になればいいと思うほどにね」

「それは……」

あまりにも身勝手で酷い言い分だ。

なによりも自ら手を汚すのではなく、暗殺者を雇って相手を殺そうという考え方が気に入らない。

「オリヴィエたちを別宅に住まわせたのも、正室ではあるがあまりいい扱いは受けていないのだと側室たちに思わせるためだ。誰がハンネをよく思っていないのか探ってはいるが、なかなか尻尾を摑ませてくれない。だが、まさかヴァールトイフェルを雇うとは――許せん」

静かに、だが明らかに怒りの炎を宿している公爵に、ジャレッドは提案する。

「俺が守ります」

「ジャレッド？」

「俺は決めました。今から王都へ戻り、今日から同居を始めます。自分の力を過信するつもりはありませんが、今回の襲撃者程度なら準備をすれば迎え撃てます」

「いいのか？　私たち家族の問題なのだよ？」

「今さらです。俺は、オリヴィエ・アルウェイさまの婚約者ですよ？」

ジャレッド・マーフィーは別にオリヴィエ・アルウェイに恋をしているわけじゃない。会った回数も少なく、婚約者というのは名ばかりだということも知っている。

それでも、オリヴィエとハンネローネを守りたいと思ったのだ。

大層な理由なんてない。ただ、名ばかりの婚約者とその母であっても、一度接点を持ってしまったのだから、知らぬ存ぜぬというわけにはいかない。

「すまない、ありがとう」

公爵は深く頭を下げ、言葉こそ短いが感謝の気持ちを口にした。

「君がオリヴィエの婚約者になってくれてよかった。あの子に今必要なのは私のように愛するものを守れない人間ではなく、君のように心から信頼できる人間だ。私の愛する家族のことを頼む」

公爵の願いを受け入れたジャレッドは、彼とともに広場に戻り、急遽帰路につくことになった。

ラウレンツは公爵と一緒に馬車で王都に戻ることになっていた。公爵も間違いなく飛竜に乗り一刻も早く家族の安否を確認したいはずだ。しかし、周囲の目があるため冷静を装わなければならない。オリヴィエたちを狙う人間が誰か不明である以上、どこに敵と通じている者がいるかわからないのだから。

ジャレッドは改めて、住民たちと別れの挨拶を交わし、ラウレンツと王都での再会を約束する。

公爵と目が合い互いに頷くと、飛竜の背に乗って王都へと飛び立つのだった。

そして、一時間の空の旅を終えると、戦闘衣のままオリヴィエの屋敷に向かう。

「……ジャレッド様？」

庭で花壇の手入れをしていたトレーネが、突然現れたジャレッドに表情を変えないまでもわずかに目を見開く。

「オリヴィエさまはいるか？」

「はい、呼んできますので中にどうぞ」

と、トレーネが屋敷の中へ戻ろうとしたそのとき、

「トレーネ、お母さまが捜していたのだけど――あら、ジャレッド・マーフィー？」

屋敷からオリヴィエ本人が現れ、庭に立っているジャレッドを見つけて驚いた顔をした。

「お久しぶりです、オリヴィエさま」

「ええ、お久しぶり。今回もご活躍だったそうね。まさか竜種を倒しに向かったはずが、逆に竜種を助けただけでも驚きなのに、その上、冒険者を退治するとは思ってもいなかったわ」

「俺自身が未だに驚いています。ですが、竜種はとてもいい子でした。町が復興したら、ぜひ会ってあげてください。きっと気に入りますよ」

「考えてみるわ。ところで、突然現れたから驚いているのよ。あなたが帰ってくることはわかっていたのだけれど、まさかわたくしのところへすぐにくるとは予期していなかったわ。婚約者に心配をかけたことを謝罪しにきたのかしら？」

相変わらずな物言いに、ジャレッドはほっとした。少なくとも、自分のように襲撃に遭ったとは思えない。

しかし、今だからこそ気づけたこともある。

建物には戦闘の痕が残っていた。修復したのだろうが、すべてを隠せていない。そして、わずかに魔力の残滓が漂っている。ここ二週間以内に誰かが敷地内で魔術を使ったはずだ。おそらくトレーネだ。

彼女から魔力をあまり感じないが、意図的に隠していることくらいはわかる。

はじめて会ったときにも感じたが、その隠密性に長けた行動は訓練された者の動きだ。だとすれば、この屋敷の中で戦闘行為を行えるのは彼女だけ。

オリヴィエとハンネローネが他に護衛も家人も置かずにいるのは、トレーネのことが信頼でき、また護衛となる戦力を有しているからだ。現在もトレーネは、突然現れたジャレッドに警戒心を抱いていることがわかる。

「いいえ、オリヴィエさまにお伝えしたいことがあります」

「あら、なにかしら？」

「俺と同居する話がありましたよね」

「ええ。もしかして、怖気づいてしまったかしら？　でも、お母さまが楽しみにしているから、同居したくないとは言わせないわよ」

「これから荷物をとってきますので、今日からお願いします」

「――え？」

想像していたものとジャレッドの回答が違ったせいか、間抜けな声を出してしまうオリヴィエ。彼女の隣には、珍しくはっきり驚いているとわかるほど表情の変化を見せたトレーネの姿もあった。

「ど、どういうことかしら？」

「どうもこうも、俺はオリヴィエさまと一緒に暮らすことになってましたよね？」

「え、ええ、なっていたわ。あなたが準備でき次第、同居すると」

「ですから、準備も覚悟もできましたので――今日から同居します」

未だ呆然としているオリヴィエに、ジャレッドははっきりと言い放った。

◆

祖父の屋敷でシャワーを浴びたジャレッドは、手の治療をやり直すと、最低限の身支度を済ませた。

祖父母にオリヴィエの屋敷で暮らすことを決めた旨を伝えたせいで戸惑われてしまうも、公爵家のお家事情をすべて話すわけにもいかないので、オリヴィエが早く一緒に住みたいと駄々をこねたと言って誤魔化した。あとになってもっとマシな嘘をつけばよかったと後悔する。オリヴィエに知られたら一大事だ。

途中、従兄妹のイェニーに屋敷を出ていくことが知られてしまい、不機嫌になられてしまったが、彼女のことは祖父母に任せてジャレッドはオリヴィエの屋敷に戻った。

三時間も経たずに戻ってきたジャレッドにオリヴィエは「本気だったのね」と呟いていた。ハンネローネは未来の婿との同居が嬉しいようで歓迎してくれて、無表情のトレーネはどこか警戒しているようだった。

「トレーネちゃんが部屋を用意してくれているから、我が家だと思ってね。これから仲よくしていきましょう」

「よろしくお願いします」

公爵夫人であるハンネローネが自ら部屋に案内してくれた。彼女は心底嬉しそうだ。

「オリヴィエちゃんもジャレッドさんと一緒に暮らすことができるのが嬉しいみたいで、さっきからそわそわしていたのよ」

「していません！」

　無言でついてきていたオリヴィエが不機嫌な顔をして反論するが、ハンネローネの耳には届いていないようだ。彼女は嬉しそうにしている母のことを思ってか、それ以上なにかを言うことはしなかった。

　荷物を部屋に置いたジャレッドはハンネローネに連れられるまま、屋敷の中を案内された。オリヴィエは二人のあとをついてくるが、母から話を振られたときだけ口を開く程度で、なにやら考えるような視線をジャレッドに向け続けていた。

　無論、ジャレッドはオリヴィエの視線に気づいていたが、あえてなにも言わずハンネローネと談笑を交えながら案内を受け続ける。

　屋敷の案内を終えたハンネローネが満足すると、ジャレッドのことを色々と教えてほしいと言ったので、お茶にすることになった。トレーネはそうなることを予期していたのか、すでに支度を整えており、手入れが行き届いた庭の花々がよく見えるテラスに案内された。

　ハンネローネは上機嫌で、そんな母を見てオリヴィエも顔をほころばせている。

　質問攻めに遭ったジャレッドは丁寧(ていねい)にひとつひとつ返事をしていくが、時々オリヴィエとの未来設計を聞かれて戸惑い、その度にオリヴィエが大きな声を出すといったことを繰り返しながら、あっという間にお茶会を終えることとなる。

荷物をほどきたいからと言って用意してもらった自室に戻ったジャレッドが、魔力を介して屋敷内の精霊たちにコンタクトを取ろうとしていると、

「入るわよ、ジャレッド・マーフィー」

ノックもなくオリヴィエが部屋に現れた。

拒む理由もなかったので、もともと部屋にあった椅子へ座るようにすすめると、オリヴィエは素直に腰を下ろし、そして不機嫌な顔でジャレッドを睨む。

「どういうつもり？」

「どういう意味ですか？」

「素直に話す気はないとわかっていたけど、なにか企んでいるようね」

「考えはしていますが、企んではいませんよ」

「なにを考えているのか、どうして急に同居する気になったのかも教えて。だいたい、あなたは同居に乗り気じゃなかったでしょう。なによりも、わたくしとの婚約話もお母さまを安心させるためだと知っていたはずなのに……」

意図がわからないジャレッドの行動が不安なのだろう。オリヴィエの声がだんだん小さくなっていく。

ジャレッドは同居の話に困惑はしていたが、乗り気でなかったわけではない。進んで同居したいと思ったわけでもないが、オリヴィエの母を想う気持ちに触れていたのでそれにつきあう

のも悪くないと思っていた。

「逆に聞きますが、オリヴィエさまが俺に隠していることを教えてくださいと言ったら、この場で教えてくれますか？」

「隠していることってなにかしら？　もしかして、昔の男のことが気になると言うつもり？」

「オリヴィエさまに関しては流れている噂と違うことを知っているので、そんな心配はしていません。それとも、男がいたんですか？」

「いないわよ！　悪かったわね、年齢がそのまま彼氏いない歴で！」

「いや、悪いとか言ってないじゃないですか……」

貴族の令嬢とはいえ、婚約者がいない場合は普通に男性と知りあいつきあうこともあると聞く。だが、やはり稀だろう。中には家が没落してくれてせいせいしたと言う令嬢までいる始末なので、貴族の男女関係は想像以上に潔癖だ。

貴族の恋愛は、男子では家督を継げない次男、三男が婚約者の決まっていない令嬢と恋人になるケースが多く、ときには一般の女性と恋に落ちたりすることもある。

男女交際を固く禁じている家もあれば、けじめさえつけていれば自由にできる家など、貴族もいろいろだ。

とはいえ、ジャレッドが聞きたいことはオリヴィエの彼氏いない歴などではなく、襲撃者の件だ。

アルウェイ公爵が襲撃のことを知っていたかどうかまではわからないが、少なくともハンネローネたちを別宅に住まわせているのは正室とその娘でありながら立場が弱い彼女たちを守るためだと聞いたばかりだ。

しかし、オリヴィエはそのことに関してなにも話してくれない。

「俺が知っておくべきことはありませんか？」

「あなたが、知っておくべきこと？」

「今日から俺はこの屋敷で、オリヴィエさまとハンネローネさま、トレーネと暮らします。その上で、俺が知っておかなければならないことはないんですか？」

できることならオリヴィエの口から聞きたいとジャレッドは願った。

しかし、

「――ないわ」

ジャレッドの願いは叶うことなく、オリヴィエはきっぱりと言い切った。

「あなたはなにも知らなくていいの。わたくしがあなたに求めていることは、ただひとつだけ――お母さまのために婚約者のふりをしてくれることよ」

感情のこもらない瞳でジャレッドを見据えると、

「どんなことを嗅ぎつけて、なにを企んでいるのか知らないけれど、思い上がらないで。ジャレッド・マーフィー、あなたはあくまでも婚約者のふりをしているだけなのよ。仮にわたくしがなにかを抱えていて、あなたに隠していたとしても、話す義理もなければ必要もないわ」

「わかりました」

「あら、随分とあっさり納得するのね」

「別に納得もなにも、俺が知るべきことがないのであればそれでいいんです」

オリヴィエの冷たい物言いになにも感じていないとばかりに返事をすると、どこか拍子抜けしたように彼女は肩をすくめた。

「オリヴィエさま」

「なによ、まだなにかあるの？」

「違いますよ。日課の魔力集中をしたいので、ひとりにしてくれませんか？」

「あら、ごめんなさい。じゃあ、夕食になったらトレーネが呼びにくるはずだから覚えておいてね」

それだけ言うと、オリヴィエはどこか訝しげな瞳を一度だけジャレッドに向け、部屋から出ていった。

「ま、急に聞かれても言うわけないか」

オリヴィエが簡単になにもかも話してくれるとは思っていなかった。ジャレッド自身が襲撃者に襲われ警告されたことを告げれば話は違ったかもしれないが、いたずらに警戒心を煽ることはしたくない。

それではなんのためにこの屋敷にきたのかわからなくなる。

するべきことはひとつだけだ。暗殺組織ヴァールトイフェルが襲撃してくるならくればいい。撃退し、捕縛し、黒幕を吐かせるだけだ。

誰がヴァールトイフェルへ依頼したのかわかれば、アルウェイ公爵が自らその人物を断罪するだろう。

ジャレッドはオリヴィエたちを守ればそれでいいのだ。

「とりあえず、保険をかけておくか」

ジャレッドは窓枠に足をかけると、庭に向かって静かに跳んだ。部屋は二階だったが、着地は音もなく、平然とおこなわれた。

魔力を練りながら精霊たちと交信して、屋敷の数カ所に保険を施していく。

「警告されたのが今朝だから、早ければ今晩にもヴァールトイフェルはくるだろうな」

どうしてこれほどまでオリヴィエたちを守りたいのか自分でも理解できないが、大陸一の暗殺組織であろうと彼女たちを傷つけさせはしない。

暗殺組織を使ってまでハンネローネを狙う卑怯者の正体を、必ず暴いてみせると、ジャレッドは固く決意していた。

◆

その日の夜。オリヴィエたちと夕食を終えたジャレッドは、自室で浅い眠りについていた。寝息を立てていたジャレッドだったが、突如目を覚まし、ベッドから飛び起きる。

「やっぱり、今夜だったか」

昼間、敷地内に施したトラップに何者かが引っかかったことを、魔力を通じて知ったのだ。すぐに戦闘衣に着替え、武器を装備すると部屋の窓から飛び降りた。

侵入者は三人。その内の二人が茨に絡みつかれて捕縛されている。

「お前の仕業か」

侵入者の目の前に着地したジャレッドに、静かだが威圧する声がかけられた。

「ヴァールトイフェルだな？」

「いかにも」

月明かりに照らされた襲撃者は、揃いの黒衣をまとっているが、唯一拘束されていない者だけが違う。

黒衣のフードをかぶっておらず、背に矢の入った筒を背負い、左手に弓を持っていた。月光を反射する色素の薄いくすんだ青髪から覗く視線は鋭く、まだ幼さを感じる少年だった。

ジャレッドと同い年か、下手をすれば年下の少年が暗殺組織ヴァールトイフェルの一員であることに驚くが、暗殺組織では幼少期から暗殺者になるために過酷な訓練を強いると知識でなら知っていた。

罠にかからなかったことから少年は相当な使い手であると推測する。ひとりだけ出で立ちが違うことも、その裏づけとなっている。ヴァールトイフェルの暗殺者は、誰もが他の組織の比ではないほどの使い手であると聞く。ならば、ジャレッドも相応の覚悟をして戦わなければならない。

ジャレッドはあくまでも魔術師であり、魔獣やときには人間とも戦うが、戦闘のスペシャリストではない。なによりも殺すことに特化した暗殺者とは違い、まだ殺しを躊躇ってしまう人間性が残っているのだ。

――この違いは大きい。

殺すことを躊躇う者と、躊躇わない者とでは攻撃ひとつでも違いがはっきりと出てしまう。

「なんの用だ、なんて聞くのは野暮か？」

「構わない。我らヴァールトイフェルは依頼を受け、ハンネローネ・アルウェイの殺害を行う。可能であればオリヴィエ・アルウェイも殺害し、邪魔をするなら貴様も殺す」

殺すと明言した以上、戦う以外の選択肢はなくなった。

「誰の依頼なのか言うつもりは？」

「無論、ない」

「今、俺がお前に依頼を蹴ってほしいと依頼できるか？」

「できない」

「だよな。聞いてみただけだよ」

だが、戦わずに解決できるならそのほうがよかった。

オリヴィエたちを守りたいが、依頼を受けたとはいえ自分よりも若い少年と戦うことは躊躇われた。しかし、結果は戦うしかない。そんな現実が嫌になる。

「逆に私からも聞きたいことがある」

弓使いの少年が問う。

「なぜ、警告したにもかかわらず我らの前に立つ？　お前は、立場こそオリヴィエ・アルウェイの婚約者だが、数日前に突然選ばれただけだ。それなのにどうして、我らの前に立ちふさがるのか？」

ジャレッドの立場も知っていることから、やはりアルウェイ公爵が睨んだ通りハンネローネをよく思わない側室の仕業なのだろう。

夕食の間も笑顔を絶やすことがなかったハンネローネの命が悪意ある者の手で脅かされていることが我慢ならない。

そんな母を守ろうとしているオリヴィエがついでとばかりに命を狙われていることが許せない。

今にも怒りを爆発させて少年に襲いかかりたい衝動が体内で疼くが、必死に堪えて平静を装う。戦う前から冷静さを失えば、勝利することはできない。

自分が死んでも魔術師だと思われるトレーネがまだいるが、彼女だけで本当にこれからも守りきれるとは限らない。

ゆえに、ジャレッドは負けられない。

「語るほど大した理由なんてないよ」

「ならばなぜだ？」

「簡単さ。俺は、娘想いの母親にも、母想いの娘にも、二人を守るメイドにも死んでほしくない。ただ、それだけだ」

「理解不能だ。貴様の行動は私の理解の範疇外だ」

「人の気持ちなんてそんなものだ。他人にはわからないんだよ」

わかってもらおうとも思わない。ジャレッドが大陸一の暗殺組織ヴァールトイフェルに立ち向かう理由は、ひとえにオリヴィエたちを死なせたくない、たったそれだけの理由からだ。

ジャレッド自身、自分の身を犠牲にしてまで誰かを守りたいと思ったのは初めてなので、他人に理解されるわけがない。

「お互いに会話もできたところで、そろそろ戦おうか？」

「望むところだ。しかし、その前にすべきことがある」

少年がそう言い、拘束されている仲間に視線を移す。

「なにを、──っ」

仲間を救おうとするつもりなのかと問おうとしたジャレッドが慌てた。拘束されている暗殺者たちが口元から泡を吹いて痙攣していたのだ。明らかに毒物を摂取した者の症状だ。

「俺は毒なんて使ってないぞ！」

殺してしまえば情報を聞きだすことが不可能になるため、あえて捕らえようと事前に保険をかけていたのだ。

戦って捕縛するのは難しいかもしれない。だからこそ、魔力を消費することを覚悟で捕縛用の罠を張ったというのに、捕縛に成功した者がこうして死にかけている。

「貴様が毒を使わないことは知っている。二人は自ら毒を飲んだ。私には死を見届ける義務がある」

「助けないのか？」

「こうなったのは自身の責任だ。我らヴァールトイフェルは仲よし集団ではない、暗殺組織だぞ。情報漏洩を防ぐために自ら死を選ぶことは決して珍しいことではない」

体の痙攣が静まり絶命した仲間二人に、少年は目を伏せて黙禱する。

そして、矢を弓につがえ、ジャレッドに向けて構えた。

「時間をくれたことには感謝するが、手加減するつもりはない。お前を殺し、標的も殺す。私のすべきことは変わらない」

「なら、俺はお前を倒し、情報を聞きだすまでだ」

「やれるものならやってみればいい」

少年は唇を吊り上げて挑発的な笑みを浮かべた。しかし、彼の瞳には失ったばかりの仲間を悼み悲しんでいるような感情が見てとれた。

やりきれない。オリヴィエたちの命を奪いにきた暗殺者の人間らしい一面に心が痛んだ。

「名乗れよ、暗殺者。俺はジャレッド・マーフィー。魔術師だ」

「私はプファイル。暗殺組織ヴァールトイフェルの一員である暗殺者であり、弓使いだ」

お互いに名乗り終えたと同時に、地面を蹴った。

ジャレッドは前に向かって駆け、プファイルと名乗った少年は矢を放ちながら後方に跳んだ。抜いたナイフで矢を斬り落とす。次の矢が放たれる前に、仕留めようとナイフを投擲する。プファイルに向かって一直線に放たれたナイフは、弧を描くように振られた弓によって叩き落とされてしまう。だが、本命はナイフではない。

魔力を練り、精霊に干渉する。

「精霊たちよ、我に力を与えたまえ――」

短い詠唱のみで、黒曜石の槍を十本生み出すと、一本を手に取って構え、九本を一本ずつ放っていく。黒曜石の槍は意志を宿していると錯覚してしまうほど、プファイルに向かって迷いなく襲いかかる。彼が何度かわしても、追尾し続ける。動きを止めれば、即座に手足を射抜

焼かれ、覗く肌の多くが火傷を負っている。黒曜石の槍を爆薬で破壊したのは見事だったが、至近距離で砕いた槍の破片を浴びたのか至るところに裂傷を負い、血を流していた。

ナイフを握る力もあまり入っていないようだ。同じく負傷しているジャレッドでも抑えることができるので、消耗具合は同じ程度なのだろう。

だが、体ごと乗りかかられている状態であるため、ジャレッドの負担は大きい。いつまでプファイルを押し留められるかわからない。

魔術を使いたくても、意識を他に向けている余裕はない。

このままいたずらに時間だけが過ぎていくかと思われたそのとき、

「なにをしているのっ⁉」

屋敷から寝間着姿のオリヴィエが飛びだしてきた。

「くるなっ」

「ジャレッドっ――あなた、どうして……」

「いいから近づくな！」

組み伏せられているジャレッドに気づいたオリヴィエだったが、言われた通りに足を止める。

先ほどの爆発音で戦っていることに気づいたのかもしれないが、なぜ彼女がこの場に現れたのか理解できない。危険な場所に飛び込むような愚かな行動をしたオリヴィエを怒鳴りつけてやりたかったが、今のジャレッドにそんな余裕はない。

「優先順位は低いが標的が現れたのは幸いだ。お前の相手はあとでしてやる」

「ふっ、ざけんな！　そう言われて、はいそうですか、って好きにさせるわけがねえだろ！」

ジャレッドは、地面に落ちていた矢を掴むと、ナイフを構えているせいで隙だらけのプファイルの脇腹に突き立てる。

「――ぐっ」

短いうめき声をあげたプファイルだったが、未だナイフをジャレッドに向ける力が緩まない。

「私は暗殺者だ。痛みで動きが鈍ることはない。お前から始末してやる、ジャレッド・マーフィー！」

力の拮抗が崩れ、少しずつナイフがジャレッドに近づいてくる。ナイフの切っ先が、喉に触れた。わずかでも力を緩めたら待っているのは死だ。

眼前に迫った死に対する恐怖は不思議とない。今まで死にかけたことは何度もあるので心が麻痺しているのかもしれない。だけど、オリヴィエたちを守れないことを考えると、震えるような恐怖が湧いてくる。

「終わりだ、魔術師――があっ？」

とどめを刺そうと力をさらに込めたプファイルだったが、ふいに彼の体がジャレッドの上から離れ地面を転がった。

「わ、わたくしの婚約者を殺させないわ」

オリヴィエが横から突き飛ばしたのだ。彼女自身、とっさに行動してしまったようだ。声と体が震えている。

しばし、目の前の敵だけを見据えていたため、いつの間にか近づいていたオリヴィエにジャレッドもプファイルも気づくことができなかった。ただ目先の相手に集中しきっていた。そのおかげで救われた。

「ジャレッド。ああ、そんな、血が凄い……どうして、こんなに」

「オリヴィエ、いいから屋敷の中に戻ってくれ、頼むから、少しでも早くここから離れて」

「駄目よ、あなたをこのままにしておけないわ。戻るなら一緒に」

勇猛にも暗殺者を突き飛ばしたオリヴィエだったが、ジャレッドの体に触れ、流れる血を目にして体の震えが大きくなり、動揺も広がっている。このままでは彼女が危険だ。

できることなら自分など見捨てて屋敷に閉じこもってほしいと願い言葉を重ねるが、オリヴィエは断固として頷いてくれない。

そのとき、風を切る音が聞こえた。

ジャレッドは、意識すべてを風切り音に集中して手を動かす。

「――え?」

オリヴィエが間の抜けた声をあげた。

「馬鹿、な……私の矢を、受け止めた、だと?」

驚愕に染まったプファイルの声が続く。

ジャレッドの右手は、オリヴィエに向かって放たれた矢を彼女の目の前で握っていたのだ。

刹那の集中が、ジャレッドの反射神経を引き上げ、予告なしに放たれた矢からオリヴィエを救った。

矢を折り投げ捨てると、驚きながらも次の矢を構えようとするプファイルを睨みつける。

「プファイル――よりにもよって俺の目の前でオリヴィエを狙ったな、俺はお前を絶対に許せない」

怒りに任せて地面を殴りつけると、ジャレッドの感情に連鎖するように、地面が隆起した。

地面から現れたのは、無数の土槍。

土槍は波のようにプファイルに向かって襲いかかる。とっさにかわそうと横へ大きく跳んだプファイルだったが、弓を破壊され、左腕や左足、脇腹を土槍の切っ先が捕らえる。直撃を受ける瞬間、身をひねることで致命傷を避けたものの、プファイルの体は土槍にえぐられ大量の血を流す。

「おのれ、まだ、こんな力を隠していたのか……」

傷口を押さえながらプファイルが忌々しげに睨むが、ジャレッドはさらに強い眼光で睨み返し、片手を広げてオリヴィエを庇う。

「この人にわずかな傷もつけさせない」

「……ジャレッド」

「触れることも許さない。もし、指一本でも触れてみろ、お前だけじゃない、ヴァールトイフエルに関わる人間すべてを八つ裂きにしてやる！」

しばらく睨みあっていたジャレッドとプファイルだったが、最初に視線をそらしたのはプファイルだった。彼は後方へ大きく跳躍すると、屋敷を囲う塀の上に立つ。

「今日は引こう。私の想像よりもジャレッド・マーフィーは脅威だったことを認め、貴様を任務を遂行するために排除する障害のひとつではなく、倒さなくてはならない絶対的な敵として認識した。明日の夜、再び殺しにくる。次こそ、お前たちをすべて殺す。ヴァールトイフェルの名のもとに」

宣言すると同時に、塀をさらに跳んで逃げていく。

「言いたいことだけ言いやがって」

気配が高速で遠ざかっていくのを感じとったジャレッドは、とりあえずだが脅威が去ったことに安堵してその場に崩れ落ちていく。

「――ジャレッド！　ちょっと、どうして、ねえ！　嘘でしょ、そんな、死なないで！」

地面に倒れ込んだジャレッドの体をオリヴィエが必死で声をかけ揺さぶるが、彼女になにひとつとして返事をすることができない。

息を吸うのだけでも辛く、呼吸が乱れているのを自覚した。
出血のせいか体が寒い。なによりも、眠たかった。
ジャレッドは襲いくる睡魔に抗うことができず、気を失うように意識を手放した。

5章　激闘

「おはよう。目が覚めたみたいね」

目を覚ましたジャレッドを迎えたのは、不機嫌な顔をしたオリヴィエだった。重いまぶたをこすろうと腕を動かすと体中に痛みが走る。

「――いづっ」

「急に動かないで。あなた、死にかけていたのよ？」

痛みに顔をしかめるジャレッドに呆れ顔を向けるオリヴィエは、眠っていないのか目元にうっすらと隈ができていた。

「死にかけて、いた？」

「ええ。あの襲撃者の矢には毒が塗ってあったみたい。もともと毒に耐性があったのか、血を流したことで体中に回らなかったのかわからないけど、幸いすぐにどうということはなかった。トレーネが気づいて解毒してくれたからもう心配ないわ」

「ご心配おかけしました」

「心配なんてしてないわ！　――いいえ、嘘よ。凄く心配したわ。本当に死んでしまったらどうしようって、あなたが目を覚ますまでずっと考えていたわ！　どうしてこんな無茶をしたのよっ？」

涙を浮かべ、突如怒りを露にするオリヴィエ。彼女がどれほど心配していたかがひしひしと伝わってくる。

「オリヴィエさまたちを守りたかったんです」

「守ろうとして死なれてしまっては迷惑だわ」

「ですよね。反省しています」

「嘘おっしゃい。わたくしにはわかるわ。あなたはなにも反省していない。きっとまた無茶なことを繰り返すわ。その結果、必ず死ぬわよ」

「そう、かもしれませんね」

「あなたが死んでしまったら悲しむ人はいないの？　友達は？　ダウム男爵は？　その人たちのことを考えてもなお無茶なことができる？」

もしかしたらオリヴィエも自分が死んだら悲しんでくれるかもしれない。そんな馬鹿なことを考えてしまう。

でも、きっと悲しんでくれるだろう。

まだ出会ってからわずかだが、噂と違って心根が優しいことくらいジャレッドにもわかる。

多少、腹が立つことはあるけれど、強がろうとしているオリヴィエの仮面がそうさせているようにも感じていた。

恋愛感情ではないが、ジャレッド・マーフィーはオリヴィエ・アルウェイが好きだ。

彼女のためなら命をかけることを躊躇わないほど、好きだ。

オリヴィエになにかあれば、民に慕われるアルウェイ公爵と笑顔を絶やさないハンネローネも、そして彼女たちのそばにいるトレーネも間違いなく悲しむはずだ。そして、言うまでもなくジャレッドも。

「ただ、俺はオリヴィエさまを守りたいんです。あなたと、ハンネローネさま、トレーネを守りたかったんです」

「気持ちは素直に受け取っておくわ。でも、わたくしは、わたくしのせいであなたが死んでしまったら、一生自分のことを許せない。だから、お願い——もう危険なことはしないで」

懇願とも受け取れるオリヴィエの言葉に、ジャレッドは返事をすることができなかった。

大陸一を誇る暗殺組織ヴァールトイフェルのプファイルから、ハンネローネたちを守るためには危険を承知で戦わなければならない。今となればどれだけプファイルが強敵かわかる。いくらジャレッドが大地属性という稀有な属性を持つ魔術師であったとしても、王都の住宅街にある屋敷の一角で対人戦に慣れた暗殺者を相手にすることは難しい。

戦えないことはないが、周囲に被害が出る可能性はあまりにも大きかった。大地属性魔術師の強力な魔術は地形を変えたり、周囲に余波が及んだりと、とにかく派手だ。そんな魔術を使ってしまえば、守りたい人たちを巻き込む可能性もある。

ゆえに昨晩は最小限の魔術のみで戦った。殺さないという制限をかけた上での本気だったが、殺すつもりで襲いかかってきたプファイルと戦った結果が、今のジャレッドだ。

オリヴィエが乱入してくれなければ、あのまま死んでいたはずだ。

ならば、自分のなにかを削ることを覚悟しなければいけないと、自然と考えてしまう。魔術を十全に使うことはできない以上、ジャレッドは自身を犠牲にしなければプファイルには勝てない。

「オリヴィエさま、俺は……」

「口約束すらできないのね。あなたのその正直なところは好きよ。でも、今は嫌いだわ。怪我をしているあなたに怒鳴りたくないから、替えの包帯をとってくるわね。ゆっくり寝ていなさい」

言葉に詰まったジャレッドに、オリヴィエは悲しげな表情を浮かべ一度目を伏せると部屋から出ていってしまった。

心から自分のことを案じてくれているオリヴィエに、その場限りの気休めすら言えなかったことに胸が痛む。だけど、嘘をつくのは嫌だった。

自己嫌悪に陥っていると、部屋の扉をノックする音が聞こえる。

「どうぞ」

短く返事をすると、現れたのはメイド姿のトレーネだった。相変わらず無表情だが、先日まで感じていたわずかな警戒心(けいかいしん)を今は感じない。

なにか心情的な変化でもあったのかと疑問に思っていると、表情を変えずにトレーネが口を開く。

「今、オリヴィエ様が泣いておられました。なにかありましたか？」

「危険なことをするなと言われたけど、約束できなかったよ」

「――はぁ。嘘でもかまわないので、オリヴィエ様を安心させてください」

なにやらため息をつかれて呆れられた気もするが、無表情なのでよくわからない。

「あの人に嘘はつきたくない」

「結果、泣かせてしまっても、ですか？」

「ごめん」

責めるような視線に耐えられず、つい謝ってしまった。それでも、ジャレッドはやはりオリヴィエに嘘はつきたくなかったのだ。

「オリヴィエ様はジャレッド様のことをずっと案じていました」

「ずっと？」

「ジャレッド様が竜種退治(たいじ)に向かったときも、食事はもちろん睡眠すら取ることができないほど心配なさっていました。昨晩もそうです。わたしがついていますと言っても、自分たちのせいでジャレッド様が傷ついたとご自身を責め続け、一睡もせずにただ目覚めるのを待っていました。オリヴィエ様は不器用な面が目立ちますが、本当にお優しい方なのです」

彼女が母親に向ける瞳（ひとみ）を一度でも見れば心根が優しいことはわかる。同時に、その優しさは家族という心を許せる人間に限定したものだと勝手に思い込んでいた。だが、竜種退治に向かった自分をそんなにも案じていたとは知らなかった。昨晩のこともそうだ。心配してくれていたことはわかったが、まさか自身を責めていたなどとは夢にも思っていなかった。

「わたしは思うのですが――ジャレッド様はもうすでにオリヴィエ様のご事情を知ってらっしゃるのではないでしょうか？　ですから急に同居をお決めになり、襲撃者と戦った。違いますか？」

「全部は知らないよ。だけど、ハンネローネさまが側室（そくしつ）たちに快く思われていないこと、そして命を狙（ねら）われていることを偶然知ったんだ。だから、急いで来た。できればオリヴィエさまから話してもらいたかったから聞いてみたけど、はぐらかされたよ」

「どうして事情を知ったのですか？　アルウェイ公爵様からお聞きになりましたか？」

「いや、違う。ヴァールトイフェルに襲撃されて警告されたんだ」

「――っ」

はっきりとトレーネが息を呑（の）んだのがわかった。ジャレッドは疑問を口にしようとしたが、やめて彼女の言葉を待つ。

「まさかヴァールトイフェルまで動かすとは、本気でハンネローネ様とオリヴィエ様を亡き者にするつもりなのですね、側室方は」

　表情こそ変えないが、トレーネの声には間違いなく怒りが宿っていた。

「誰が黒幕か心当たりは？」

「残念ですが、どなたも怪しいのでわかりません。昨晩も、ジャレッド様が襲撃者と戦っているときに、奴らとはまた別の人間が屋敷へ侵入しようとしていました。わたしはジャレッド様に襲撃者をおまかせし、そちらを捕縛しましたが、金で雇われた冒険者でした」

　プファイルとの戦いの裏でそんなことが起きていたことなど知るよしもなく、ジャレッドは驚きを隠せなかった。まさか大陸一の暗殺組織をおとりに使うなんて誰が思う。贅沢な作戦に呆れてしまう。そして、また冒険者か、と内心で悪態をついた。竜種の一件といい、今回といい、どうも冒険者とは縁があるようだ。

「トレーネに怪我は？」

「三流の冒険者程度に後れはとりません。ですが、申し訳ございませんでした。ジャレッド様が戦っていた人間が、まさかヴァールトイフェルの者とは思いもせず。お助けに向かうべきでした。冒険者を倒したあと、わたしはハンネローネ様を部屋でお守りしていたので……申し訳ありません」

「怪我がないならいいんだ。俺はオリヴィエさまとハンネローネさまはもちろん、トレーネのことだって守りたいと思っているから」

「わたしも、ですか？」

無表情だったトレーネの顔がわずかに動く。おそらく驚いたのだろう。

「だって、俺はオリヴィエさまにトレーネも家族だって言われているから。俺はこの屋敷に住む全員を守りたいんだよ」

「……ジャレッド様は、この屋敷に住まわれる危険性をおわかりになったと思います。その上でまだ、守りたいと思ってくださるのですか？」

「当たり前だろ。どうしてそんな簡単に気持ちが変わると思うんだ？」

むしろ、守りたいのかと問われたことに疑問を覚える。

想いは簡単に変わらない。オリヴィエを、ハンネローネを、そしてトレーネも、みんなのことを守りたいとジャレッドは心から思っている。ハンネローネを狙う黒幕を暴き、彼女たちに平穏が訪れるまでこの想いは変わらないだろう。

「なるほど、そうなのですね」

「なにが？」

「ジャレッド様はお優しく、そしてお人好しなのだとわかりました」

目に見えてはっきりと表情を変えて、トレーネは笑った。

「意外だな、君もそうやって笑うんだな」

「失礼ですね。わたしだって笑うときには笑います。……人よりも表情が変化しないことは自覚していますが、喜怒哀楽くらいちゃんとあります」

無表情に戻ったトレーネだったが、声音は若干不機嫌そうだ。

彼女は一度咳払いすると、話の軌道を修正した。

「脱線してしまいましたが、話を戻します。すでにお気づきかもしれませんが、私は魔術師です」

「うん、知っていたよ」

はじめて彼女が自分の前に姿を見せた瞬間から、力量こそ把握できなかったが魔術師だとわかっていた。

「ですが、訓練を積んだことはあまりなく、どちらかといえば武器を使った対人戦のほうが得意です。今までの襲撃者は雇われた冒険者ばかりでしたのでなんとかなりましたが、大陸一の暗殺組織であるヴァールトイフェルが本格的にオリヴィエ様たちを狙うというなら、正直不安しかありません」

若干、謙遜していると思われるトレーネの言葉だが、初めて会ったときのことを思い返せば、隠密性に長けている彼女は――暗殺者に近い。少なくとも剣士、騎士という正道な技術の持ち主とは違う方向性の技量だ。

ただ、未だに魔術師としての力量ははっきりとしない。当初はあまり魔力を感じさせなかったが、探れば相当の魔力を感じることができる。

　魔術師として十分にやっていけるだけの魔力量を保持しているのは間違いなさそうだが、トレーネ自身は得意ではないという。しかし、今まで屋敷を守ってきたことからしても冒険者に負けないくらいの実力はあるはずだ。

　ハンネローネを狙う黒幕だって馬鹿ではない。本当に三流程度の冒険者を雇えば足がつく可能性だってある。金で雇える中からできるだけ高ランクの冒険者を雇っているはずだ。となれば、やはりトレーネはそれなりの実力者だと推測できる。

「魔力に恵まれていることは自覚していますが、魔術に関しては力押しでしたので、いつかオリヴィエ様たちを危険に晒すのではないかと不安でした」

　そんなときに、偶然にもジャレッドがオリヴィエの婚約者に選ばれた。トレーネとしては好都合だったかもしれない。

「オリヴィエさまも気丈な方です。わたしを信用してくださり、襲撃されても一度も屋敷から逃げることはありませんでした」

「ハンネローネさまは襲撃に関しては知っているのか？」

「ハンネローネ様のお部屋には防音魔術を施してありますので襲撃に関してはなにもご存知ないと思いますが……」

言葉を止めてトレーネが目を伏せた。

「もしかしたらすべてをご存知なのかもしれません。その上で、必死にハンネローネ様に知られまいと振る舞うオリヴィエ様を想い、知らないふりをしてくださっているだけなのかもしれません」

「そうか……」

笑顔を絶やさないハンネローネの姿がジャレッドの脳裏に浮かぶ。あの笑顔の下で、娘が自分のために危険を顧みずに戦おうとしていることを知っているとしたら、どれほど胸を痛めていることか。なにも知らされていないなか、そんな辛い選択をしているのではと思うと、胸がしめつけられる思いがする。

「ジャレッド様には感謝しております」

「俺に？」

「暗殺組織ヴァールトイフェルが雇われたことを知った上で、オリヴィエ様とハンネローネ様のために戦おうとしてくださる、優しさと勇気に、わたしは心から感謝します。できることなら、これからもずっと孤独に戦っていたオリヴィエ様をお支えください」

トレーネが深く頭を下げた。

どこまでもオリヴィエたちを想う気持ちが痛いほど伝わってくるトレーネの言葉に、

「もちろんだ。俺はオリヴィエさまを守るよ」

ジャレッドは決意を新たに返事をした。

改めて感謝の言葉を口にしたトレーネは、するべきことがあると部屋をあとにした。

オリヴィエが戻ってきたら、しっかり話をしようとジャレッドは決めていた。探りあいはもう終わりにして、襲撃と警告をされたこと、その上で屋敷にきたことを伝え、頼ってほしいと告げよう。

痛む体を動かして水を飲んでいると、包帯を抱えたオリヴィエが部屋に戻ってきた。

「なにをしているの？」

「喉が渇きまして」

「まったく。じっとしていなさいよ。子供じゃないんだからわたくしが戻ってくるまで我慢できなかったの？」

先ほどと変わらず不機嫌なままだが、それでも心配してくれるオリヴィエ。彼女の手を借りて、体を起こす。

「さ、包帯を替えるわよ」

「ありがとうございます」

「じゃあ、服を脱いで」

「え？　いや、あの、ちょっと待ってください。自分でできます」

さすがにオリヴィエにそんなことをやらせるわけにはいかないと包帯を奪おうとするが、伸ばした手をひらりとかわされてしまう。

「あら、婚約者に肌を見せることが恥ずかしいの？　わたくしは平気だわ」

「……意外です」

「貴族の令嬢らしくなくて残念だったわね。もうその程度のことで恥じらう歳じゃないのよ！」

なんとも返事に困ってしまうことを堂々と言う人だと心底思った。

どうだと言わんばかりに胸を張っていたオリヴィエだったが、自分の発言に思うことがあったのか、失敗したとばかりに顔を引き攣らせ、

「今の台詞はなかったことにしておいて。いいわね？」

と、有無を言わせない低い声を出した。心なしか悲しげに聞こえたのは言うまでもない。

オリヴィエの心情を察し、ジャレッドには頷く以外の選択肢はなかった。

「さっさと包帯を交換するわよ。早く脱ぎなさい」

どうせ逆らえないと思い、観念してオリヴィエに従うことにする。

ジャレッドの肌を直視したオリヴィエだが、先ほど自身が言った通り、とくに恥ずかしがる様子もなく慣れた手つきで包帯を替えていく。

「手慣れていますね」

「トレーネがね、よく怪我をするのよ。あの子、変なところで不器用だから見かねて手伝って

いたらずいぶんと上手くなったの」

その怪我はおそらく屋敷を襲う冒険者との戦いのせいだろう。

「オリヴィエさま、少しだけ俺と話をしましょう」

今のオリヴィエとなら話しあうことができる。そんな根拠のない確信から口を開く。

「どんな話をしたいの？」

「俺は竜種の一件を解決したアッペルの町で、暗殺組織ヴァールトイフェルの暗殺者に襲撃されました」

オリヴィエがすぐそばで息を呑むのがはっきりと感じ取れた。

包帯を巻いてもらうためオリヴィエに背中を向けているジャレッドには、彼女がどのような顔をしているかまではわからない。それでも、包帯を巻いている手が震えているのが伝わってくる。

「撃退に成功しましたが、警告されてしまいました。あなたたちに近づくな、と」

「なのにわたくしたちの屋敷にきたのね。あなた、本当に馬鹿よね」

「どうやら馬鹿だったみたいです。でも、オリヴィエさまたちのことを放っておくことなんてできません」

「どうして？　どうして、あなたは縁もゆかりもないわたくしたちを、危険を覚悟で守ろうとしてくれるの？」

「縁ならあるじゃないですか。俺はオリヴィエ・アルウェイの婚約者です」

「今は、冗談はやめて」

　ジャレッドは決して冗談のつもりはなかったのだが、オリヴィエは納得いかなかったようだ。

「言葉にするほど大層な理由はありません。オリヴィエさまとハンネローネさま、そしてトレーネを守りたいから行動しているだけです」

「やはりあなたは馬鹿ね、大馬鹿よ」

「それに、アルウェイ公爵からも頼まれてしまいましたし、俺は脅されようが殺されようが引くつもりはありません」

「お父さま、が？」

　信じられないと呟くオリヴィエは、かつて自分の訴えを聞いてもらえなかったことを思いだしているのかもしれない。

「公爵もハンネローネさまを害そうとする人間がいることをご存知でした。まあ、普通に考えれば当たり前ですよね。でなければ正室を別宅住まいにするはずがありません」

「それは、お母さまを蔑ろにしていたから……」

「本当にそう思いますか？　ハンネローネさまを蔑ろにしていながら、あなたのために婚約者を探したりするでしょうか？」

「そんなこと、不良物件のわたくしをさっさと片づけたいのだわ！」

頑なに父親のことを信じようとしないオリヴィエが声を荒らげた。

ジャレッドは彼女に言い聞かせるように言葉を重ねる。

「公爵は心からオリヴィエさまを愛しています。そう打ち明けてくれました。俺とあなたがうまくいっていると思って、本当に嬉しそうにしていました。ハンネローネさまを狙う者が大陸一の暗殺組織だとわかると顔を蒼白にしていました。大切に思わない人間に、あんなに感情を動かしたりはしません」

「わたくし、信じられないわ」

「今も公爵は、ハンネローネさまを狙う見えない黒幕を探すために行動しています。そのせいでオリヴィエさまとの関係がうまくいかないことも覚悟の上だそうです。すべては愛する人を守るために」

別宅にオリヴィエとハンネローネを住まわせているのも、彼女たちを狙う側室たちの誰かの注意を引くためだ。正妻の立場のハンネローネが蔑ろにされていると思わせられれば、いずれ自然と現在の立場を失うと錯覚させることができる。そうすれば手を汚す必要はないと思わせることができる。

公爵は、たとえ娘に嫌われようと、愛する家族を敵から守るために苦渋の決断をした。

オリヴィエには理解できないかもしれないが、ジャレッドには理解できる。危険から少しでも離そうとした親の愛情だ。

公爵にとって予想外だったのは、オリヴィエに一緒に住まわせようとしていた家人や護衛をすべて拒否されてしまったことだろう。おそらく、陰ながら見守ってはいるだろうが、直接的な助けは本当の意味で危険になるまで行なわれないはずだ。手助けしてしまえば黒幕に陰ながら守っていることが知られてしまうからだ。

そういう意味では単身で戦えるトレーネの存在は大きい。そして、婚約者という名目で一緒に暮らすことのできるジャレッドも今後役に立つだろう。

ジャレッドとオリヴィエの婚約は偶然だったが、公爵はプラスに考えたはずだ。

すべては愛する妻と娘を守るために。

「オリヴィエさま、アルウェイ公爵は間違いなくあなたたちを愛しています」

オリヴィエはジャレッドの背中を抱きしめて涙を流した。背中に彼女の熱と、声を押し殺して泣いている震えを感じる。

「俺もオリヴィエさまたちを大切に思っています。出会いこそ偶然で、あまりいいものではありませんでしたが、俺はオリヴィエさまのことをおもしろい方だと思いました。ハンネローネさまに息子と言われ嬉しかった。あなたたちを大切に思っているトレーネだって俺は守りたいんです」

「……ありがとう」

「いいんですよ。俺はオリヴィエさまの婚約者なんですから。気にせず巻き込んでください。

困ったら助けを求めてください」

ジャレッドの言葉を受け、オリヴィエは抱きしめる力を強めて、こらえられず声をあげて泣いた。

彼女の手にそっと手を重ね、握る。

「俺がいます。トレーネだっています。あなたはひとりじゃありません。だから、頼ってください」

「……う、ん。うん！」

今までずっと愛する母を守ろうと、様々な重圧に耐えていたオリヴィエの心が少しでも軽くなればと思い、ジャレッドは言葉を重ね、涙を流すオリヴィエを見守り続けた。

◆

「泣いてしまってごめんなさい」

しばらく泣いていたオリヴィエは涙を拭うと、ジャレッドの背中から体を離した。

彼女の体温が離れていくことを少しだけ残念に思ったジャレッドに、オリヴィエは語りはじめる。

「お母さまはね、ずっと命を狙われていたのよ。側室の誰かが男子を産めなかったお母さまを馬鹿にし、正妻の地位を捨てさせようと脅しはじめたことがきっかけだったのかもしれないわ」

ジャレッドはオリヴィエのほうへ体を動かし、ベッドの上で向かい合う。

「最初こそ、まだ本家のお屋敷にいたから嫌がらせや脅し程度だったのよ。でも、お母さまがその程度で音をあげないとわかると、今度はわたくしが標的になったわ」

「――知りませんでした」

「言ってないもの。その後、色々と嫌なことがあったけどお母さまとトレーネと一緒に乗り越えてきたわ。でも、外出すれば襲撃されるようになり、本格的に危機感を覚えるようになったとき、いきなりお父さまに別宅で暮らすように命じられたわ。わたくしは、もしかしたらお父さまがお母さまを狙っているのではないかと思いもしたの」

それは勘違いであり、アルウェイ公爵はハンネローネとオリヴィエのために別宅へ移動させたのだ。当時のオリヴィエには父親に裏切られたように思えたのだろうと理解できた。度重なる襲撃で疑心暗鬼になっていたオリヴィエに、父の心情まで察しろというのは酷だ。

「この屋敷に住むようになってから、雇われた冒険者が襲撃してきた。はじめは脅迫程度だったけど、だんだん過激になっていったわ。わたくしたちも護衛を雇おうとしたのだけど、誰を信じていいのかわからず結局トレーネ以外はそばに置くことはできなかったの」

公爵令嬢のオリヴィエがどれだけ苦労したのかジャレッドにはわからない。

「家人がいない生活は大変だったわ。でも、お母さまはしっかりした方だから、平気な顔して家事を楽しんでいたのよ。わたくしにも花嫁修業だと言って家事を教えてくれたのよ。トレーネだって今でこそしっかりしているけど、はじめはなにもできなかったのよね。大変だった以上に楽しい思い出ばかりなのが不思議だわ」

「きっとハンネローネさまのおかげですね」

間違いなく、笑顔を絶やさないハンネローネという存在が、オリヴィエの支えになったはずだ。母を守ろうと、母の笑顔を絶やすものかと、オリヴィエもいっそう思っただろう。

「わたくしもそう思うわ。でも、楽しい生活が続く一方で襲撃がだんだんと過激になっていったわ。おそらくお父さまの跡継ぎをめぐる争いが本家で起きたのね。お父さまは弟たちの中から優れた者を当主にすると言っていたけれど、そんな曖昧な言葉じゃ誰もが不安になるはずよ。側室たちは誰しも自分の息子を次期当主にしたがった。その足がかりとして正妻の地位を欲しがった」

「それでハンネローネさまを狙いだしたということですね」

「その通りよ。そしてわたくしのことも邪魔だったのね。次々にお見合い話を持ってきたわ。わたくしだって望めば当主になることもできるから、そのことを心配していたというのもあるでしょうけど、お母さまから離れることはできなかった。だから、わたくしはあなたにしたようにお見合い相手に無理難題をふっかけ、ときには公爵家の令嬢として権力を振りかざしたりしてすべて突っぱねたのよ」

その結果オリヴィエの悪い噂が流れ、広がっていった。おかげでお見合いの話は減ったに違いない。公爵自ら男爵家へ相談にくるほどなのだから。

「わたくしはお母さまを残して結婚なんてできない。でもこちらから断れない、なら向こうから嫌だと言わせればと思い、色々と行動するうち悪い噂が広がって、結果としてわたくしと結婚したいという相手はいなくなったわ」

「大変でしたね」

「……あなただから打ち明けるけど、途中から無理難題を言って相手を困らせることや、傲慢な態度をとってお父様が頭を抱えるのを見ているのは楽しかったの。ちょっとしたストレス解消だったわ。想像していた以上に悪い噂も流れていたし、ならいっそ楽しもうと思って張り切ってしまったのよ」

「大変なのはアルウェイ公爵だったのか……」

娘のわがままにさぞかし困ったはずだ。

それでも負い目もあるから我慢し、娘の幸せを願い結婚相手を探し続けた。そして、ジャレッドが縁あって選ばれた。

「誰もがわたくしの無理難題に怒り、陰口を叩いたわ。例外なのはあなたくらい。だけど、わたくしはあなたと結婚はできなかった。お母さまが楽しみにしていたから婚約者の真似事はするつもりだったけど、危険が降り合わせのわたくしたちの事情に巻き込むことはできなかったの」

結婚を拒み、婚約者候補が現れても追い払ったのは、自分のためではなく相手のためだった。やり方こそあまり褒められたものではなかったが、オリヴィエなりに考えた結果だったのだ。

「でも、結局あなたは巻き込まれてしまったわ。ごめんなさい」

「謝らないでください。いいですよ、巻き込んでください」

「巻き込んでください、なんて言えるのはきっとあなたくらいね。さっきも思ったけど、やっぱりあなたは馬鹿よ。ねえ、ジャレッド、わたくしは本当にあなたを巻き込んで構わないの？」

まだ涙が残る瞳を向けられ、ジャレッドは頷く。

すると、止まっていた涙が再び流れだした。

「オリヴィエさま？」

彼女は言葉を発することなく、ジャレッドに頭を預けてもたれかかる。慌てて彼女の体を抱きしめた。

「ねえ、本当に迷惑をかけて構わないの？」

「もちろん」

「危険よ？」

「魔術師に危険はつきものです」

「死んでしまうかもしれないわ」

「それだって今さらです。すでに一度死にかけましたから、気にせずどうぞ」

「やっぱりあなたは馬鹿よ」

「褒め言葉として受け取っておきます」

ジャレッドはオリヴィエを抱きしめる腕に力を込めると、彼女に向かって自らの意志を告げる。

「オリヴィエさま――いや、オリヴィエ。俺はあなたの婚約者だ。オリヴィエとハンネローネさま、トレーネのことが好きだ。だから迷惑をかけてほしい、遠慮なんかしないで巻き込んでくれ。俺は死なない。死んでやるものか。オリヴィエたちとアルウェイ公爵が笑顔で一緒に暮らすことができるその日を見るまで、死んだりしない。あなたたちのことは俺が守るよ」

返事はない。しかし、代わりに泣き声が聞こえ、ジャレッドの体をオリヴィエが強く抱きしめた。

再び泣きだしてしまった年上の婚約者をあやすように髪を撫でながら、ジャレッドは今夜再び現れると宣言したプファイルを倒すため、ひとつの決意をした。

◆

「よかったですね、オリヴィエ様」

ジャレッドとオリヴィエが話をしているのをトレーネはこっそり聞いていた。はしたないと思いながらも、万が一を考えて控えていたのだ。無論、万が一とは二人の仲が壊れることであり、関係が進むようであれば気を利かせて部屋から離れるつもりだった。

ジャレッドのことも当初は地位を求めるだけの人間かと勝手に思っていた。彼の父親がぜひ自分の息子を、と公爵に推してきたことから警戒していたのだ。しかし、少し話してみればそんな印象はすぐに薄れた。

彼はどちらかといえば父ではなく、祖父のダウム男爵に似ている。そうハンネローネが言っていたことをトレーネは思いだす。

アルウェイ公爵が信頼する人物で、剣の師匠でもあったダウム男爵は表向きこそ部下だが、実際は相談役といっても過言ではない。ハンネローネも世話になったことがあると聞いている。

少し気になり調べてみると、まだハンネローネへの襲撃が始まったばかりでオリヴィエも自分も大変だったとき、陰ながら護衛してくれていたのがダウム男爵だった。

そのダウム男爵の孫ジャレッド・マーフィーがオリヴィエの婚約者として、自分を含めたみんなを守ってくれると言ってくれたことに、運命を感じてならなかった。

もしかすると、公爵も男爵もこうなることを目論んでいたのかと考えてしまうのは、勘ぐりすぎだろうか。

ジャレッドはたとえ公爵たちが企んでいたとしても、それとは関係なく自らの意志でオリヴィエたちを守りたいと思ってくれた。

大陸一の暗殺組織ヴァールトイフェルまでが狙っていると知りながら、昨晩死にかけながら、そんなことなどお構いなく守ると言ってくれた。

その一言がどれだけオリヴィエの心を救ったのかきっとジャレッドはわかっていない。

トレーネでさえ、いや、ハンネローネですらオリヴィエが涙を流す姿はもう何年も見ていない。負けるものかと、母を守るため気丈に振る舞い続けるオリヴィエに涙は不要だったから。

「ジャレッド様、本当にあなたがオリヴィエ様の婚約者でよかったです」

ゆえにトレーネは感謝する。

トレーネにとって姉のように慕う大切なオリヴィエと、母のように接してくれる心温かいハンネローネのために戦ってくれるジャレッドに、いつか恩返しをしようと彼女は誓った。

◆

オリヴィエから事情を聞き、守ると誓ったジャレッドは戦闘衣を着込んでプファイルを待ち構えていた。

屋敷の庭はすでにジャレッドが地精霊に干渉して直してある。

幸いまだ花畑は無事だが、今夜の戦闘でどうなるかわからない。オリヴィエたちは、気にしないと言ってくれたが、ハンネローネが気に入っている花々を駄目にしてしまうのは気が引けた。

すでに、日が傾いている。

オリヴィエはハンネローネとお茶を飲むことを名目に一緒にいる。トレーネも給仕としてそばに控えている。少なくとも昨日の今日で新たな冒険者が用意できるとは思えないので、大きな問題はプファイルのみだ。

万が一を考え、今夜襲撃があることを公爵には伝えてある。同時に、応援はあくまでもハンネローネたちになにかが起きない限り待機に徹するよう頼んである。

ありえないと思うが、アルウェイ公爵の応援に気づいたプファイルが逃げてしまえば元も子もない。無論、プファイル以外の暗殺者がいないとは限らないので、そこだけは厳重に目を光らせてもらっている。万が一、なにかが起きればすぐに応援が殺到するだろう。

今夜、決着をつけなければ、オリヴィエたちは今後も暗殺者に怯える日々を過ごさなければならない。そんなことはごめんだった。

公爵も、プファイルがヴァールトイフェルの一員だと知ると、お抱えの騎士たちでは太刀打ちできないと判断した。そして、あくまでも万が一に備えながら補佐に回ると、夫として父親として苦渋の決断をしてくれた。

同時に、側室たちになにかしらの動きがないか見張ることにも力を割いてくれるそうなので、もしかすれば今日すべてが片づくかもしれない。

そんな期待を胸にジャレッドがプファイルを待っていると、日が落ちると同時に、音もなくプファイルがアルウェイ公爵家別邸の庭へ降り立った。

「昨日ぶりだな」

「矢の毒も効かなかったようだな。存外しぶといらしい。だが、今日ここで貴様を仕留め、私は任務を遂行する」

ジャレッドと同じくプファイルも万全の状態ではなかった。昨晩負った火傷や裂傷が一晩で完治するはずもなく、体中に血のにじんだ包帯が巻かれていた。黒衣も破れ燃えた形跡を残したままだ。

それはジャレッドも同じで戦闘衣は破け、射抜かれた穴が開いている。焼けた場所も多く、今回の一件を終えたら新調しなければならない。少し長めの黒髪も焼かれてしまったので散髪が必要だ。

「毒なんて仕込みやがって、死にかけたぞ」

「暗殺者に毒を仕込むなとは、おかしなことを言う。殺すために幾重にも仕掛けるからこそ、標的を確実に殺すことができる——のだが、貴様の存在は全てにおいて例外だ」

「そんなこと知るかよ。さてと、さっさと戦ってお前をぶっ飛ばしたいんだけど、一応最後通告をするぞ。投降するつもりは？」

「無論、ない」

　そうだろうと思った、と内心呟くジャレッドに向けてプファイルが弓を構え、矢をつがえる。

「言っておくけど、今投降してお前に依頼した人物を教えれば悪いようにはしない」

「ヴァールトイフェルの名において、依頼人を売ることはしない」

「まあ、言ってみただけだよ。俺はお前を倒すって決めているんだ。オリヴィエさまに手を出そうとしたお前を許すことはできない」

「ならば倒せばいい。ヴァールトイフェルのルールは至極簡単だ。強さこそが全てだ。貴様が私を倒すことができれば、依頼人を明かそう」

　プファイルの言葉に、ジャレッドは驚き、わずかに目を見開いた。

　正直、意外だった。暗殺者であれば死んでも依頼人を明かさない、そう思っていたからだ。

「驚く必要はない。我らヴァールトイフェルは強さこそすべてなのだ。ゆえに、貴様が私よりも強ければ、従おう」

「単純な奴らだ」

「その単純さゆえに、組織は長く続いているのだ」

「なら、俺のするべきことは変わらない。お前を倒す。そして、依頼人を明らかにして罰を与える」

決意を新たにジャレッドはショートソードを構える。

ほう、とプファイルが声を漏らす。

「貴様は剣を使うことができるのか？　剣の一族ダウム男爵家の長男でありながら家督が継げないと聞いていたので、才能がないのかと思っていた」

「家督が継げないことと俺が剣を使えないことは別なんだけど、みんながお前と同じように思っているんだよな。俺の剣がどの程度なのか——戦えばわかるさ」

「ならば戦って貴様の技量を知ろう」

右手にショートソードを構え、左手には鞘を握る。ショートソードはオリヴィエが屋敷のどこかから持ちだした、使い手がおらず埃を被っていたものだ。決して業物というわけでもなく、どこにでも売っている一品だった。

手入れを怠っていたせいか、あまり切れ味はよくない。だが、それでいい。

「死んでも恨むなよ」

「それはこちらの台詞だ」

ジャレッドとプファイルは視線を合わせたまま、息を殺し互いの出方を窺う。

じりじりとブーツの踵を鳴らしながら、自らの間合いに相手を誘い込もうとする。

合図は必要なかった。

お互いを理解しあったようなタイミングで二人揃って地面を蹴る。

第三者がこの場にいれば二人が消えたように見えただろう。目にも留まらぬ速さで二人が移動した。刹那、金属音が鳴り響き、火花が散ったのは二人が立っていた中間地点だった。

ショートソードと鋼鉄製の弓が立て続けにぶつかり、音を立てて火花を散らす。

お互いに最も得意な魔術と弓矢を使わない状態だが、速度と膂力は互角だ。

ジャレッドの左手に握られた鞘が剣のように振るわれプファイルに迫る。プファイルは器用に上半身をひねりかわすと、右手に持っていた矢を突きだしてくる。矢に毒が塗られていることがわかっているので、体に触れさせてはならない。鞘で矢を弾き飛ばす。

背から新たな矢を抜こうとするプファイルの胸部を蹴り飛ばすと、数歩後退した暗殺者に向かい、矢を構えさせる前にショートソードを振るった。

ジャレッドの一撃は綺麗な弧を描くも、戦いで培ったプファイルの反射神経によって彼の肩から胸を軽く斬り裂くことしかできなかった。

黒衣が斬られ白い肌と傷口から流れた鮮血が覗く。

「やるな」

にぃ、と唇を歪めて笑うプファイルは、今までとは比べ物にならないほど速く背から矢を抜くと、弓につがえて放つ。

一度に一本しか放てない弓だが、彼の手には三本ある。一本放ち、続いて一本、さらにもう一本と間を置かずに連射した。

　ジャレッドも負けていない。ショートソードを振るい一本一本斬り落としていく。至近距離から放たれた矢でさえ、剣を握ったジャレッドにはもう脅威ではない。

「なるほど、それが本来の貴様の戦い方か？」

「そうだ。俺は剣士であり、魔術師だ。どちらも極めることができない中途半端者だが、戦いに困らない程度の技量はあると自負している」

「現在の大陸ではあまり使われないが、貴様のような戦闘技量を持つ者を――魔剣士と呼ぶ」

「いいねぇ。その名前、もらった！」

　戦っている最中にもかかわらず子供のように破顔しながら、ショートソードを振るい、さらに放たれた矢を斬り落とした。

「……埒が明かないな」

「俺とお前の実力はほとんど同じか」

「だが、貴様は魔術をまだ使っていない」

「俺が思うに、お前もまだなにかを隠している。だろ？」

　質問に答える代わりにプファイルは不敵な笑みを浮かべた。

「やっぱりだ。じゃあ、お互いに本当のスタイルで戦って決着をつけよう」

「私が本来の戦闘方法を使うことはヴァールトイフェルによって禁じられている」

「それで死にたきゃどうぞ、ご自由に」

ジャレッドは不思議に思う。オリヴィエたちを狙う暗殺者であるプファイルとの戦いを楽しんでいることに。

思えば、こんなに苦戦する戦いは久しぶりだった。

飛竜(ひりゅう)の群れに囲まれて死にかけるも、数が多かっただけであり、一体の脅威はさほどではなかった。

戦いなど楽なほうがいいに決まっている。難しい魔術を学び覚えても、結局応用がきく単純な魔術が一番効率的だ。大技(おおわざ)を使ってあっさり勝利――などそうそうないのだ。

今までそれで乗り越えてきた。敗北も経験したことがあるが、死なずに、再度戦い相手を殺してきた。

だが、プファイルは今までの敵とは確実に違う。

自分の技量を確認できる対等な実力を持つ彼が相手なら、戦い続けることで己(おのれ)を鍛(きた)えられるのではないかと思えてしまい、もっと戦っていたいと思ってしまう。

「貴様の――ジャレッド・マーフィーの強さに敬意を払い、ヴァールトイフェルの禁を破ろう」

「嬉しいことを言ってくれる」

「事実だ。禁を破らなければ勝てないと思ったからこそ。しかし、私が禁を破れば貴様に勝ち目はない」

断言するプファイルから驕(おご)りを感じない。彼は本気でヴァールトイフェルに禁じられている力を使えばジャレッドを倒すことができると思っている。

ジャレッドの本能がプファイルに力を使わせるなと言っている。同時に、魔術師としてのジャレッドが、その力を見てみたいと叫んでいた。どちらを選択するべきか迷う必要はない。この時間が終わることを少し残念に思うが、ジャレッドの目的はオリヴィエたちを守ることだ。

自分の好奇心を優先して、彼女たちを危険な目に遭わせることはできない。

「なら、その力はやっぱりいいや。俺はお前を倒す。それだけは譲れない」

「奇遇だな。私も貴様を倒し、任務を遂行しなければならない。たとえ、ヴァールトイフェルの禁を破ってでも、だっ！」

刹那、プファイルの体から膨大な魔力が立ち昇る。

その魔力量と質に、ジャレッドは絶句する。なぜ魔術を使わずに弓矢を使っているのか不思議なほど、魔力が大きく密度も高い。プファイルが優れた魔術師の素質を有していることがはっきりと理解できた。

完全に予想外だった事実に、ジャレッドは唾を飲み込む。たとえ、剣と弓の技量が拮抗していたとしても、自分の身を犠牲にしてでも無理やり殺しておけばよかったと後悔した。

「今、私は戒めを解いた。我らヴァールトイフェルは魔力に頼ることなく、己の技量のみで敵を殺さなければならない。おそらく、魔力を使った私はなんらかの罰を受ける。だが、そうまでしなければ倒せない敵であるとジャレッド・マーフィーを認識した」

「――光栄だ。魅せてくれ、お前の本気を」

「今まで一度も任務で使ったことはない。力加減ができないが――苦しまずに殺してやる」

ジャレッドは即座に対応できるように、自らも魔力を高め練っていく。

そして、

「魔弾と呼ばれた私の力を見せよう」

視界からプファイルの姿が消えた。

プファイルはジャレッドの背後に移動すると、構えた弓の弦に指をかけ引く。

矢をつがえず、限界まで弧を描いた弓からそっと指を放す。弦が音を立てて弾かれると、魔力で構成された緑色に光る矢が放たれた。

矢は一本だけではなく、ざっと見ても五十本を超えていた。

ジャレッドは地面を踏み砕き、魔術による土壁を作る。矢が土壁にぶつかり、轟音を立て続ける。魔力を流し込んで土壁の強化を試みる。しかし、ジャレッドが土壁を強化し終える前に、亀裂が入ってしまう。

「――っ」

舌打ちして、土壁を放棄して地面を蹴って大きく横へ移動すると同時に、数多の矢によって即席とはいえ魔力を込めて生成した土壁が容易く破壊されてしまった。

土埃に紛れてプファイルを襲おうとしたジャレッドだったが、

「遅い」

すでに弦を引いたプファイルがいた。

しかし、臆することなくジャレッドは速度を落とさずプファイルに向かっていく。

「その選択は間違っていない」

突進してくるジャレッドに向けて、プファイルが再び魔力の矢を放った。

数多の矢が襲いかかってくるがジャレッドは怯むことなく、矢の大群に向かって突っ込んだ。

「うぉぉおおおおおおおおっ！」

すべての矢が同時に襲いかかってくるわけではない。たとえ矢が百を超えていても、並べて撃てばジャレッドの体に当たるのは二十本ほどになり、それでは魔力の無駄使いとなる。

もちろんプファイルもそんなことは理解しているため、一度に多くの矢を放っているとはいっても、すべてが同時に襲いかかるのではなく時間差で次から次へとやってくるのだ。

ジャレッドは一度の攻撃でそれを見抜いた。しかし、一呼吸するよりも早く次の矢が迫ってくるため、実際にはほぼ同時であるのと変わらない。

解決策は少ない。一度放たれた矢が軌道を変えることはあるかわからないが、単に避けるのは、追尾される可能性があるため危険だ。ならば、馬鹿正直に突っ込んで、剣ですべて斬り落としていくしかない。

剣が火花を散らして、矢とぶつかっていく。

途中、黒曜石の塊を精製し、盾とする。致命傷になる場所だけは確実に守りながら、ジャレッドは進み続けた。

肩や腕、足などは射抜かれたが、一本一本が細いため熱と痛みが襲いかかっても動き続けることができる。

「――見事だ」

賞賛するプファイルに向かって黒曜石の盾を投げつける。再び魔力の矢を放とうとしていたプファイルの手を襲い、刹那の時間、動きを止めることに成功する。その隙に肉薄したジャレッドの一撃が襲いかかった。

攻撃はプファイルの体を捉えることはできなかった。代わりに、彼の持つ弓を両断することはできた。

大きく跳躍してジャレッドから距離を取るプファイルから目を離さず、ジャレッドは体に刺さる矢を抜いていく。魔力で構成された矢は、地面に投げ捨てられると粒子となって消えた。

体力がだいぶ奪われた。魔力はまだ温存できているが、場所が場所であるため魔術をあまり使えない。だが、敵はこちらに遠慮することなく攻撃をしかけてくる。実に戦いづらい。

出血が少ないことが幸いしているが、戦闘衣の上から平気で体に傷を負わせるプファイルの魔力の矢は実に厄介だ。弦を引くだけで一度に大量の矢を放つことができるなど、正直ずるいとしか言いようがない。

さらに頭を悩ませているのが、彼の魔術属性がわからないことだ。おかげで対策もあまり練ることができない。

「シンプルに戦うしかないか」

再びショートソードを構えて地面を蹴る。今までよりも速度を上げ、体力が削られることを前提に短時間で決着をつけようとした。

今のプファイルは弓を持っていない。なにかしらの魔術を使うかもしれないが、その前に斬り殺せばいい。

しかし——、

「弓がなくとも矢を射ることはできる」

「——なっ!?」

まさかまだ矢に拘(こだわ)るとは思っておらず驚くも、足を止めることはしない。

プファイルはまるで弓を持っているように左手をジャレッドに向けると、右手を添えて弦を摑(つか)んで引き絞(しぼ)るような仕草(しぐさ)をする。

彼の両手に魔力が集中しているのを感じた。

ジャレッドはさらに速度を上げた。ジャレッドとプファイルのどちらの攻撃が先かどうかで勝負が決まると思われた。

そして、

「うらぁあああああああっ！」

「――魔弾よ、射抜け」

ジャレッドが放つ斬撃がプファイルの体を完全に捉えると同時に、プファイルから矢が放たれジャレッドの腹部を射抜いた。

お互いが一撃を与えることに成功するが、そのまま地面に倒れ込む。

ジャレットの腹部には一本の剣のような矢が突き刺さっている。今までの矢の比ではない殺傷能力を秘めた一撃だ。ジャレッドに激痛が走り、血が流れだす。

ショートソードを捨てて血に濡れた矢を握りしめると、魔力を流し込んで破壊した。だが、痛みが和らぐわけではない。立ち上がるのに邪魔だっただけだ。

足と腕に力を込めて、血が混じった唾液を吐きだしながら何度も咳き込む。致命傷にこそなっていないが、できるだけ早い治療が必要だ。

なんとか立ち上がると、プファイルも同じように起き上がっていた。左肩から右脇腹までを袈裟切りにされ、大量の血を流しながら、傷口を押さえている。黒衣は脱げ落ち、袖のない黒い衣服から赤く染まった肌が覗いている。

「やってくれたな、ジャレッド・マーフィー。ここまでの傷を負わされたのは、貴様が初めてだ」

「こっちも同じ台詞を言わせてもらう。まさか、弓なしで矢を放てるとは思っていなかった。てっきり、弓を触媒にして魔術を行使したと勘違いしていたよ」

「私そのものが弓であり矢である。弓を使わなければ魔弾の連射はできないが、代わりに強力な一撃を放つことができる。ずいぶんと、魔力耐性を持っているようだな。飛竜であれば胴体を両断できるほどの威力があるはずなのだが……」

「生憎、魔術に対しては色々と対策しているんだよ」

魔術対策を施した戦闘衣、普段から魔術を使うことによって高めた魔術抵抗、そして万が一に備えて障壁を張っていたことが幸いしていた。どれかひとつでも足りなければ、絶命していた可能性もある。

「また撤退するか？」

「まさか……。貴様の弱点もわかった以上、私の勝利は揺るがない」

「俺の、弱点？」

「そうだ。貴様が剣を持ちだしたのは、自らが誇る大地属性魔術をこの場で使いたくないからだ。才能がないと思われていた剣の技量には驚いたが、魔術を使えない魔術師など怖くない」

「言ってくれるな」

だが、事実だ。

ジャレッドはプファイルの指摘通り、大地属性魔術を使えない。場所を気にしていることもあるが、動きが速いプファイルに対しては魔術を使うよりも剣で戦ったほうが効率がいいのだ。

現に、魔術は最低限しか使っていないが、今できるすべてを全力で行使したため、お互いにではあるが大きな一撃を与えることに成功している。

「なによりも――」

「まだあるのかよ、俺の弱点」

「貴様は一見すると捨て身に見える攻撃をしているが、死ぬ気はない。ハンネローネ・アルウェイとオリヴィエ・アルウェイを守りたいがゆえに、死ねない。だが、私は貴様さえ殺せればそれでいい。死を覚悟した私に貴様は劣っている」

「生きようとする意志のほうが大事だ」

「そう思いたければ思っていればいい。生きたいと思う気持ちも、誰かを守りたいという気持ちも、すべて貴様を弱くしている」

弱さを指摘するプファイルをジャレッドは鼻で笑った。

「生きたいという気持ち、誰かを守りたいという気持ちのどこが悪い？」

「すべてだ。人間は弱く、愚（おろ）かな生き物だ。守られる価値などなく、弱い人間が誰かを守ろうなどということは驕りでしかない」

「それはお前の中の基準だ！　俺だって、最近になって誰かを守りたいという気持ちを学んだから偉（えら）そうにできないが、大切な人を守ろうとする意志は俺を強くしてくれる！」

「ならば、その強さを見せてみろ」

プファイルは左手を構え、右手を絞り引く。

対してジャレッドは魔力を練り上げ精霊たちに干渉する。

どちらも今、放つことができる最高の一撃の準備ができた。おそらく次の一撃で勝負は決まるだろう。

「覚悟はいいか、プファイル？」

「貴様こそ、死ぬ覚悟はできたか、ジャレッド・マーフィー？」

目と目が合い、ともに笑った。命を奪いあっている状況下でありながら、お互いを実力の拮抗した宿敵と認めあった笑みを浮かべる二人は、間違いなくどうかしていた。

「――地剣乱舞（ちけんらんぶ）」

「――魔弾よ、射抜き殺せ」

膨大な魔力を捧（ささ）げられた精霊たちによって地面が大きく隆起し、幾重もの刃（やいば）と化して波のようにプファイルを襲う。

高密度に凝縮（ぎょうしゅく）された魔弾が放たれ、風を切って一直線にジャレッドに向かう。

プファイルの矢は魔弾と呼ぶにふさわしい威力を持っていた。業物の剣を凌（しの）ぐほど、強固で切れ味のよい大地の刃を次々に貫（つらぬ）き破壊していく。だが、ひとつの刃を貫くごとに、失速し、威力が落ちていった。

砕かれた大地の刃が破片となってプファイルだけではなく、ジャレッドをも襲っていく。

すでに体を動かす気力がないジャレッドが障壁を展開する前に破片が体を傷つけていく。それはプファイルも同じであり、体のいたるところに破片が刺さる。

お互いに渾身の一撃を放ったため、動くことができず棒立ちだった。

大地の刃を砕き、破砕し、貫きながら魔弾がジャレッドに向かう。朦朧とする意識の中で、なんとか障壁を展開することができたジャレッドだったが、魔弾の勢いを殺すことはできない。

さらに障壁を展開することで魔弾を受け止めようとしたが、すべての魔力を費やしても魔弾を受け止めることはできなかった。魔弾は吸い込まれるようにジャレッドの体を直撃する。左肩を射抜き、後方の塀に突き刺さると爆発を起こし、大きな穴をあけた。

背後を振り返ったジャレッドは血の気のない顔をさらに青くする。もし、体を貫通せず、矢が体にとどまれば自分の体は爆散していただろう。障壁によってわずかに軌道がそれたことと、プファイルの渾身の一撃が想像以上だったこと。そして、矢という形状ゆえに貫通能力が高かったことがジャレッドを救った。

「……お前の、勝ちだ」

呟くような小さな声が聞こえた。

視線を真正面に向けると、砕かれながらも波となって襲いかかった大地の刃がプファイルに届いていた。

体中を斬り裂かれ、貫かれたプファイルは、縫いつけられたように塀と大地の刃に押し挟まれていた。

体中から血を流している姿を見て、よく意識を保っていられると心底感心する。

「最後の最後で、魔術師らしく、魔術を、使った、な……」

息も絶え絶えになりながら、どこか満足そうな表情を浮かべていたプファイル。

「お前に勝つには、大技に頼るしかなかった。だけど、お前の魔弾によって被害が少なくてすんだよ」

使うべきか悩んだ末に、周囲に被害を出すこともやむなしと思い大地属性魔術を放ったジャレッドだった。しかし、プファイルの魔弾は想像以上に威力があり、大地の刃の大半を破壊してくれたおかげで敷地内だけで被害は収まった。

「もう二度と住宅街で戦うのはごめんだ」

実は、アルウェイ公爵の働きかけで周辺の住民は一時的に退去していた。

アルウェイ公爵家別邸であり、貴族の屋敷にしては小さいが、それでも十分に広さはある。隣接する屋敷もなく、道路を挟んだ数軒だけを巻き込まないようにすればそれでよかったのだが、この屋敷そのものを破壊してしまう恐れもあった。

ジャレッドは一度として、屋敷に向かって魔術を使っていない。常に屋敷を背にして戦い続けていた。

守るべき人たちがいる以上、わずかな危険すら排除したい一心だったのだ。

「さあ、約束だ」

ショートソードを拾い、脇腹を押さえながら、体を引きずってプファイルのもとへ向かう。

身動きのとれないプファイルは逃げることもできず、だが、あがくこともしない。

切っ先を首に向けて、ジャレッドが問う。

「ハンネローネさまとオリヴィエさまを殺せと依頼した人間の名を吐け」

「残念だが、教えてやることは、できない」

「なぜだっ、俺が勝てば、明かすと約束しただろ！」

約束を違えるような人間に見えなかったが、プファイルも所詮は暗殺者なのかと落胆する。

そして、それ以上にプファイルを信じた自分自身に怒りが込み上げてきた。

「約束はした、できることなら守りたい。だが、私は依頼人の名を知らぬ」

「そんな、馬鹿なことがあるか！」

息も絶え絶えに、まるで最初から言うつもりがなかったと思えるプファイルの言葉に、体の痛みを無視して怒鳴る。ジャレッドの怒りに連鎖して、尽きかけていた魔力がうごめきだす。

プファイルを縫いとめていた大地の刃が粒子となって解け、体中が傷ついた暗殺者の少年は力なく地面に倒れ込んだ。ジャレッドはプファイルに馬乗りになると、襟首を摑んで再度問う。

「言え、誰が依頼した？」

「その者は、ヴァールトイフェルに依頼したのだ、ゆえに私は組織の命に従って行動しただけ、名前など知らない」

「――っ」

怒りに身を任せ、ショートソードを握った右手を大きく振りあげる。

「最後にもう一度だけ聞いてやる。依頼人の名を言え」

「アルウェイ公爵家の人間だ、それは間違いない」

「他には？」

「四十過ぎの、金髪の女だ」

「それだけじゃ、わからねえんだよ！」

「ヒステリックな一面がある……これ以上は、本当にわからない。すまない」

それだけで暗殺組織ヴァールトイフェルにハンネローネたちを殺せと依頼した黒幕を暴きだすことはできない。

必死に戦ったのはオリヴィエたちを守るためだった。今回こそ、勝利できたが、次の刺客に怯えなければならない。

そんな思いをオリヴィエたちにさせなければいけないことが、辛く悲しい。そして、申し訳なかった。

「――殺せ」

プファイルが呟く。

「躊躇うことはない。暗殺者として、敗北すれば、待っているのは、死だ。貴様に、有益な情報を、渡すこともできず、恥を晒したまま、生きていたくない。だから、殺せ」

「言われるまでもない！」

いっそ、望みどおりに殺してやろうと思ったそのとき、

「——駄目よ、ジャレッド・マーフィー」

ジャレッドの背後から聞き覚えのある声が届いた。

「オリヴィエ、さま？」

首だけで振り向くと、確かにオリヴィエ・アルウェイがそこにいた。

「どうして、ここに？」

ハンネローネとトレーネとともに屋敷の中にいるはずの彼女が、いつの間にどのような理由で、この場に現れたのか理解できなかった。

「あなたにはとても感謝しているわ。だから、もういいのよ」

静かに微笑み、そばに寄ろうとするオリヴィエに向かい、ジャレッドは声を荒らげた。

「近づくな！」

「どうして？」

「まだ、暗殺者が死んでいない。近づけば、なにをされるかわからない。お願いだから、危険

な真似はしないでくれ」

「わたくしが見る限り、あなたが組み伏している暗殺者はもう身動きできないほど痛めつけられているように見えるけど？」

「それでもだ！　相手はヴァールトイフェルの暗殺者だぞ、こんなところにのこのこやってきて、あんたに危機感ってものはないのか!?」

守りたい対象が自ら危険な場所に現れたことで、今すぐにでもプファイルを始末しようと握りしめているショートソードに力を込める。

しかし、プファイルに向けて振り下ろそうとする前に、オリヴィエのか細い指がジャレッドの腕を摑んだ。

少しでも力を入れれば、彼女の制止など容易く振り払うことができる。傷ついた体でもそのくらいの余裕はあった。しかし、できなかった。

「なぜ、止める？」

「あなたこそ、なぜ殺そうとするの？　勝負はついているでしょう？」

「かもしれない。だけど、こいつは嘘をついた。依頼主を教えると言っておきながら、名前すら知らなかった！」

「それでも殺す必要はないわ」

「だから、なんでそうなるんだよ！　オリヴィエの命を狙った暗殺者だぞ！　いや、あんただ

けじゃない、ハンネローネさまのことも狙っていたんだ。トレーネが立ち向かえば、彼女だって害されていた。なのに、殺すなと言うのか？　生きていれば、こいつは必ずオリヴィエたちをまた狙うぞ！」

ひとつでも憂いを断ち切っておきたいジャレッドにとって、プファイルについては殺す以外の選択肢はない。

まともな情報すら持っていなかった暗殺者を野放しにするほど、ジャレッドは馬鹿ではないし、甘くもないのだ。

「わたくしたちのために、あなたに手を汚してほしくないの」

「俺はもう人を殺したことがある。とっくに手は汚れている。今さらひとり殺した人間が増えても、俺はなにも感じない」

「そうだとしても、傷ついたあなたにそこまでしてほしくないのよ、ジャレッド」

オリヴィエはジャレッドの腕を掴んだまま、プファイルに視線を向ける。

「ねえ、あなたは依頼主に直接会っているのよね？」

「ああ」

言葉短く返事をしたプファイルに、オリヴィエは満足そうに頷くと、

「なら、似顔絵を描く手助けにはなるでしょう。協力するつもりは？」

「敗者は、勝者に、従う」

「結構。ですってよ、ジャレッドがこの暗殺者を殺さなければ、お母さまとわたくしを狙う黒幕に一歩近づくわ」

「――っ、わかったよ。だけど……」

掴まれていない左腕の拳(こぶし)を握る。左肩に激痛が走るが、無視してプファイルの顔面にすべての力をつぎ込んで振り下ろした。

「ジャレッド！」

責めるような声を出したオリヴィエだったが、プファイルを殺したわけではない。

「気を失わせただけだ。これで、今日はもう安心できる」

「なら、この人を近くに控えているお父さまの部下に引き渡すわ」

「……気づいてたのか？」

「当たり前でしょう。もっとも、わたくしがではなくトレーネが気づいたのだけど。さあ、剣を下ろしましょう。もう戦いは終わったわ」

言われるがまま、ジャレッドはゆっくりと手を下ろし、ショートソードを地面に置く。

安堵(あんど)の息を吐くオリヴィエに手を握られて立ち上がる。

「怪我の手当てもしなければいけないわね。すぐにお医者さまを呼びにやらせるから、とりあえず――ジャレッドっ!?」

なぜか慌てて大きな声をだすオリヴィエを不思議に思いながら、ジャレッドは体から力が抜けていくのを感じた。

視界が傾き、体中に衝撃と痛みが走り、ようやく自分が倒れたのだと理解した。

ドレスが血で汚れることなどお構いなしにオリヴィエが体をゆすりながら、なにかを言っているが、ジャレッドの耳には彼女の言葉が届かない。

涙を流しているオリヴィエに、泣かないで、と伝えたかったが虚脱感のせいで口を動かすこともできず、代わりに血に濡れた手で彼女の手にそっと触れた。

強く手を握りしめてくれたオリヴィエの体温を感じながら、ジャレッドは視界が暗くなっていくのを他人事のように感じながら——意識を手放した。

Epilogue　この度、公爵家の令嬢の婚約者となりました

気怠(けだる)さと痛みを感じながら、ジャレッド・マーフィーは目を覚ました。

自分がどこにいるのかと視線を彷徨(さまよ)わせると、オリヴィエの屋敷に用意された自分の部屋だとわかった。

いつの間にここで眠っていたのかと疑問を浮かべた瞬間、フラッシュバックするようにプファイルとの戦いを思いだし、上半身を勢いよく起こす。

「――いづっ！」

同時に、脇腹(わきばら)と肩に激痛が走り、体中から大小の痛みが襲(おそ)いかかってきた。

「あのあと、どうなったんだ？」

返事がないとわかっていながら声に出さずにはいられなかった。

「あら、気づきましたのね、ジャレッドさん」

すると、音を立てずに部屋の中に入ってきたハンネローネが驚いた顔をしていた。だが、すぐに嬉(うれ)しそうに微笑(ほほえ)む。

「ハンネローネさま、ご無事でしたか！」

大きな声をあげたジャレッドに注意するように、ハンネローネは手に持っていた桶をテーブルに置くと人差し指を口元にあてる。

「大きな声を出したらだめよ。あなたは絶対安静ですし、オリヴィエちゃんが起きてしまうわ」

「オリヴィエさま……？　あ、ああ、そばにいてくれたんですか」

言われて気づく、傍らの椅子に腰かけたオリヴィエがベッドにうつ伏せになって寝息を立てていることに。

彼女がそばにいることに安心して、大きく息を吐きだした。

「この子はジャレッドさんのことが心から心配だったのよ。あなたが意識を失い、高熱を出して魘され続けている間、ずっと手を握って声をかけていたわ」

「……そうだったんですか。あの、俺はどのくらい眠っていましたか？」

「一日かしら。あなたが庭で倒れ、お医者さまにすぐ診てもらったけれど、死んでしまっても不思議ではないほどの怪我だったそうよ。怪我そのものは医療魔術でだいぶ治してくださったようだけど、失った血液は戻らないし、魔術も数日は使えないとのことよ」

体が怠く重い原因がわかった。

先日、ラウレンツが魔力が尽きるまで魔術を行使したときと同じ症状だ。

「プファイルは——いえ、なんでもありません」

ついヴァールトイフェルの暗殺者の少年がどうなったか尋ねそうになるも、すぐに口を噤む。今までオリヴィエが隠してきた襲撃の事実を自分が明かすわけにはいかない。そんなジャレッドに、ハンネローネが小さく微笑んだ。

「今までの、そして今回の襲撃のことも知っているわ。気を遣わなくてもいいのよ」

「やはり、ハンネローネさまはご存知だったんですね」

トレーネも予想していたことだが、ジャレッドも同じように考えていた。娘のオリヴィエの行動を一緒に住む母親が把握していないわけがない。事実、ハンネローネはすべてを承知していたのだ。

「ええ、わたくしの命が狙われていることも、今回の襲撃者がかつてないほどの強敵だったことも、ずっとオリヴィエちゃんとトレーネちゃんがわたくしを守っていてくれたことも、すべて知っていたわ」

「どうして、そのことをちゃんとオリヴィエさまに伝えていないんですか？」

「トレーネちゃんが気づいていたように、オリヴィエちゃんも気づいていたわよ。わたくしは、なにも知らない愚かな女を演じる必要があったの。言い訳にしか聞こえないかもしれないけれど、別邸に送られ、側室がわたくしを小馬鹿にしていることすら、知らないふりをしなければならなかったわ」

ハンネローネは辛そうに目を伏せる。オリヴィエが母を守るために辛い思いをしたように、彼女もまたひとりで戦っていたのだろう。目に見えない戦いだったのかもしれないが、ハンネローネにとっては酷く辛いものだったはずだ。

「わたくしだけなら命を狙われても構わなかったの。だけど、娘たちまで巻き込まれてしまった。予想外だったのは、わたくしがなにか行動を起こそうとする前に、オリヴィエちゃんが行動してしまったことよ。だからこそ、わたくしはなにも知らないふりをして、娘の邪魔にならないように、側室がわたくしなどどうでもいいと思ってくれるように演じていたのよ」

「お辛かったでしょう」

「ええ、そうね。でもオリヴィエちゃんとトレーネちゃんのほうが辛かったはずよ。自分を何年も犠牲にしてまでわたくしを守ろうとしてくれたのですから」

　強い人だ、とジャレッドは心底思った。母を案ずる娘になにも言えず、察してもらうことだけしかできない。娘が危険なことをしていると知りながら、愚かなふりをしなければならなかった。それが母親としてどれだけ辛かったのかジャレッドには想像することもできない。

　ハンネローネは眠る娘を見て、微笑む。

「わたくしは信じていました。愛する娘たちと夫が、いつかこの困難を乗り越えてくれると。わたくしができることは知らないふりをしながら待つことだけだったけれど、あなたが現れてくれたわ。あなたのおかげで、オリヴィエちゃんが久しぶりに楽しそうで、夫もあなたを信頼していたわ。そして、つい昨日はわたくしたちのために命懸けで戦ってくれた。わたくしももうどれだけ感謝していいかわからないわ」

ありがとう、と心から感謝の気持ちを伝えられたジャレッドは困った表情を浮かべ、首を横に振った。

「感謝しないでください。俺が勝手に守りたいと思って、勝手に戦っただけです。それに、庭も壊してしまいましたし、たくさん心配をかけてしまいました。すみません」

ジャレッドはハンネローネに感謝してもらうつもりは毛頭なかった。

ジャレッドが勝手に守ろうと決意して戦ったのだ。

オリヴィエは関わるなと止めたが、それでも戦い抜いたのはジャレッドの意志だ。

「謙遜しないで。わたくし、あなたのような方が息子になってくれることが本当に嬉しいのよ。宮廷魔術師になれなどと無理な条件を言われたみたいだけど、きっと娘はもうあなたじゃなければ結婚はできないと思うわ」

「……そうでしょうか？」

「ええ、母親の勘よ。間違いないわ」

悪戯めかして微笑むハンネローネにジャレッドは戸惑う。

確かに自分は婚約者の立場だが、ハンネローネとオリヴィエたちから危険が遠ざかれば、お役ごめんだと思っていた。オリヴィエだって、問題がなくなればきちんとした地位を持つ相手を見つけることができるはずだ。

男爵家の、しかも家督を継ぐことのできない長男よりも、もっと相応しい男がいると思えてならない。

だけど——もし本当に、ハンネローネの言う通りなら、少しだけ嬉しいかもしれない。

「わたくしはトレーネちゃんにジャレッドさんが目を覚ましたことを伝えてくるわね。包帯を替えてあげたいけれど、トレーネちゃんが一番上手だから呼んできます。その間に、狸寝入りしている娘としっかりお話をしてあげて」

「——え？」

まさか、と思いオリヴィエに視線を移すと、

「ぐ、ぐぅ……ぐー、ぐー」

「わざとらしいっ！」

「……すー、すー、むにゃ」

「いや、もう起きてるってわかりましたから」

つい突っ込んでしまったジャレッドと、悪あがきを続けるオリヴィエに笑ってしまうのを必死で堪えながらハンネローネが部屋をあとにする。

「……寝てるわよ」

「会話が成立してますよね。はぁ、もう面倒なので起きてください」

「面倒ってなによ！　悪かったわね、狸寝入りで！　お母さまと話しているのが聞こえたから

起きてしまったのよ、悪い！」

「悪いなんて言ってないじゃないですか」

いつもと同じように、勝手に怒りだすオリヴィエに、ジャレッドはどこかほっとした。

母に狸寝入りを見破られたことが恥ずかしかったのか、顔を真っ赤にしている彼女は本当に二十六歳かと疑いたくなるほどかわいらしく思えてならない。

どこにも怪我をした様子がないことを確認すると、つい笑みがこぼれてしまう。

「なにを笑っているのよ」

オリヴィエはジャレッドが自分のことを笑ったのだと勘違いしたのか、不機嫌そうに頬をつねってくる。あまり力を入れていないため、痛くない。しかし、彼女の指が小刻みに震えていることに気がついた。

「オリヴィエさま？」

「本当によかった……」

手を放したオリヴィエは、突如溢れだした涙を指で拭う。

「どうして急に。もしかして、怪我でもしたんですか？」

「いいえ、違うわ。ごめんなさい。あなたが意識を失ってしまったとき、本当にどうしようかと思ったの。助けがきてくれたけど、あなたは出血のせいで死にかけてしまったから、こうして元気な姿を見たらほっとして」

「心配かけてすみません」

「もう心配させないでね。——と、頼んでもあなたはきっとまた無茶をするんでしょうけど、一応言っておくわ」

無茶をするなと言われて、無茶をしたジャレッドのことをきっとオリヴィエは呆れているはずだ。

不謹慎だが、涙まで流して心配してくれたことに嬉しさを感じてしまった。

「ねえ、ジャレッド・マーフィー」

「なんですか、オリヴィエ・アルウェイさま？」

「お母さまがおっしゃっていたように、わたくしはお母さまが事情をすべて知っていることをわかっていたわ。その上で、勝手にひとりでお母さまを守ろうと暴走していたのよ。あなたの傷ついた姿を見て、自分の愚かさを自覚したわ」

自嘲気味に呟くが、しかたがないことだと思う。

母が狙われた事実。父は立場もあって味方ができなかった。ならば娘であるオリヴィエが必死になるのは必然だ。しかし、タイミングも悪かった。ハンネローネが行動を起こすよりも先に、オリヴィエが行動してしまった。

ゆえに母はなにも知らない愚かなふりをして、オリヴィエは母のふりに気づきながら、母は娘のために、娘は母のために見て見ぬふりをしていた。

オリヴィエたちが悪いのではない。すべては誰かを雇ってまで、ハンネローネを脅かそうとした人物のせいだ。

「でも、これからは違います。もうお互いに隠し事をする必要はないですから、協力して困難を乗り越えればいいんですよ」

「そうね、そうよね。ありがとう。わたくし、必ずお母さまたちと一緒に乗り越えてみせるわ」

でも、とオリヴィエは不安そうに続ける。

「あなたはそれでいいの？　今回のように危険なことはこれからもあるはずよ。わたくしたちの事情に関わって、死にかけて、嫌にならないの？」

「なりません」

即答したジャレッドに、むっとするオリヴィエ。

「もうちょっと考えなさいよ」

「十分に考えた上で動いているので、これから俺自身になにがあっても後悔はしませんよ。でも、もしも後悔するとしたら――」

「したら？」

ジャレッドはオリヴィエの手を強く握り、目を見つめる。

「――あなたたちになにかが起きたときだ。だから俺は、これからもあなたたちを守ります。俺が守りたいから、大切だと思うあなたたちを守り続けます」

「……ジャレッド」

「だから俺に、あなたたちを守らせてください」

ジャレッドの言葉を受け、握られている手にオリヴィエがそっともう片方の手を重ねる。

そして、ちょっと不満だと言わんばかりに頬を膨らませると、

「そこはあなたたちではなくて、わたくしを守ると言ってほしいわ」

「──俺に、オリヴィエを守らせてほしい」

「ええ、守ってね、わたくしの婚約者さま」

ジャレッドの言葉に満足したオリヴィエが嬉しそうに微笑む。

彼女の笑顔を見ていると、心が温かくなるのを確かに感じた。

まだ愛情と呼べる感情はない。だけど、好きだと思うし、大切だと思っている。もちろん、オリヴィエだけではなく、ハンネローネもトレーネも大切だ。守りたい。

だけど、オリヴィエのことだけは少しだけ守りたい強さが違った。

母親を守るため強くなろうとし、親しい人を作ることもできなかった不器用なオリヴィエの力になりたい。

早く彼女を自由にしてあげたい。

そんな想いが胸の奥底からこみ上げてくる。

気づけば、オリヴィエが潤んだ瞳でこちらを見つめていた。ジャレッドは気恥ずかしくなっ

て、逃げようとしたが、手を握っているせいで離れることができない。

ゆっくりと近づいてくるオリヴィエの吐息を感じてしまい、ふいに鼓動が高鳴った。

オリヴィエが求め、自分が無意識に応えようとしていることに気づき、ジャレッドもまた動こうとしたそのとき、

「は、ハンネローネ様、そんなに乗りだしてしまってはバレてしまいますっ……」

「大丈夫よ、今のあの子たちはお互いしか見えてないわ。そういうトレーネちゃんだって、まじまじと見ているじゃないの」

「オリヴィエ様にとって初のラブシーンですので、メイドとして見逃すことはできません。それに、生涯オリヴィエ様とハンネローネ様に仕えていく以上、ジャレッド様の愛人になる可能性もありますので、参考までに……」

「わかりました。そう言うのなら、しっかりと見て勉強しなさい」

「もちろんです」

主従揃って覗き見をしているのに気づいて、ジャレッドとオリヴィエは同時に動きを止めた。

オリヴィエは自身がしようとしていたことをはっきりと自覚し、真っ赤になって震えると、

「お母さま、トレーネ！　どうして覗き見なんてしているのよ！」

誤魔化すように、怒鳴りだした。

握っていた手が離れてしまい、ジャレッドは少しだけ寂しいと感じてしまった。視界の中で

は、守りたいと思った人たちが楽しそうにしている。

真っ赤になって怒るオリヴィエと、言い訳するハンネローネ。しれっとしているトレーネ。三人が楽しそうにしているのを見て、一時的ではあるが守ることができたのだと実感できた。

そして、ジャレッドは決意を新たにする。

プファイルが暗殺組織ヴァールトイフェルの一員だった以上、これからも同じような強敵が現れるかもしれない。

おそらく、組織に依頼した黒幕がはっきりするまで戦いは続くはずだ。側室のことまでジャレッドが調べることはできない。アルウェイ公爵任せになるだろう。だが、協力を求められたら迷うことなく力になろうと思う。

少しでも早くオリヴィエたち家族が安心して暮らせるように。オリヴィエたちが幸せでありますように、と心から願う。

「ジャレッド・マーフィー！　あなたもわたくしと一緒に文句ぐらい言いなさい！」

この度、公爵家の令嬢の婚約者となりました。しかし、噂(うわさ)では性格が悪く、十歳も年上です。だけど、噂なんて当てにはならず、オリヴィエ・アルウェイは家族思いの女性でした。ジャレッド・マーフィーは彼女と、彼女の家族を守るためにこれからも戦います。

あとがき

はじめまして、市村鉄之助（いちむらてつのすけ）と申します。

『この度、公爵家の令嬢の婚約者となりました。しかし、噂では性格が悪く、十歳も年上です』をお買い上げくださり、心より御礼申し上げます。

本作は、小説投稿サイト「小説家になろう」でweb連載されているものに加筆修正したものとなります。Web版からお読みくださっている読者様、新規でお読みくださった読者様、すべての読者様へ――ありがとうございます！

あなたたちのおかげで作家市村鉄之助がいます。


さて、十歳も年上のヒロインはなかなか珍（めずら）しいのではないでしょうか。さらに複雑な家庭事情を抱え、素直ではない癖（くせ）のあるヒロインことオリヴィエです。

主人公ジャレッドがそんなオリヴィエと出会うことで物語が始まっていきます。

二人の距離が少しずつ縮（ちぢ）まっていく過程を楽しんでいただけますと幸いです。

そして読み終えた皆様にお聞きしたい。――年上のお姉さんは好きですか？

好きだとおっしゃってくださる方は同志です。今度、飲みに行きましょう。

いいえ、好きじゃありませんとおっしゃる方は――私が性癖を開花させてみせますのでやっぱり飲みに行きましょう。

以下、謝辞です。

編集のK様、たくさんのお話ができて多くのことを学ばせていただきました。お会いしたときの印象はきっと忘れることができないでしょう。

イラストを担当してくださった、夕薙様。素敵なイラストをどうもありがとうございます。登場人物に魂が宿りました。躍動する登場人物に感動しました。感謝感激です。

書籍化にあたり多くの方にお世話になりました。ダッシュエックス文庫編集部の皆様、この場をお借りして御礼申し上げます。

応援してくれた友人にも心からの感謝を。第一子が無事生まれたことおめでとう。いつも応援してくれてありがとう。

そして、なによりも読者の皆様に心からの感謝とお礼を。何度お伝えしても足りません。

書きたいことは多々ありますが、今回はこのあたりで筆を擱かせていただきます。

また皆様にお目にかかれることを信じて――。

市村鉄之助

ダッシュエックス文庫

この度、公爵家の令嬢の婚約者となりました。
しかし、噂では性格が悪く、十歳も年上です。

市村鉄之助

2018年５月30日　第１刷発行

★定価はカバーに表示してあります

発行者　鈴木晴彦
発行所　株式会社　集英社
〒101−8050　東京都千代田区一ツ橋2−5−10
03(3230)6229(編集)
03(3230)6393(販売／書店専用) 03(3230)6080(読者係)
印刷所　凸版印刷株式会社

ISBN978-4-08-631246-2 C0193